AF563897

ŒUVRES

DE FLORIAN.

IMPRIMÉ CHEZ PAUL RENOUARD,
RUE GARENCIÈRE, N° 5.

GUILLAUME TELL,

OU

LA SUISSE LIBRE,

PAR M. DE FLORIAN,

OUVRAGE POSTHUME.

PARIS,
CHEZ ANT. AUG. RENOUARD,
rue Saint-André-des-Arcs, n. 55.
M. DCCC XX.

GUILLAUME TELL,

OU

LA SUISSE LIBRE.

LIVRE PREMIER.

Amis de la liberté, cœurs magnanimes, âmes tendres, vous qui savez mourir pour votre indépendance, et qui ne voulez vivre que pour vos frères, prêtez l'oreille à mes accens. Venez entendre comment un seul homme, né dans un pays sauvage, au milieu d'un peuple courbé sous la verge d'un oppresseur, parvint par son courage à relever ce peuple abattu, à lui donner un nouvel être, à l'instruire enfin de ses droits; droits sacrés, inaliénables, que la nature avait révélés, mais dont l'ignorance et le despotisme firent si long-temps un secret. Cet homme, fils de la nature, proclama les lois de sa mère, s'arma pour les soutenir, réveilla ses compatriotes endormis sous le poids des fers, mit dans leurs mains le soc des charrues changé par lui en glaive des héros, vainquit, dispersa les cohortes que lui opposaient les tyrans, et, dans un siècle barbare, dans des rochers presque inhabitables, sut fonder une retraite à ces deux filles du ciel, consolatrices de la terre, à la raison, à la vertu.

Je ne t'invoque point aujourd'hui, ô divine poésie, toi que j'adorai dès l'enfance, toi dont les mensonges brillans firent ma félicité. Garde tes pinceaux enchanteurs pour les héros dont les images ont besoin d'être embellies. Tes ornemens dépareraient celui que je veux célébrer, tes guirlandes ne conviendraient point à son visage sévère; son regard serein, mais terrible, s'adoucirait trop devant toi. Crains de toucher à sa pompe agreste, laisse-lui son habit de bure, laisse-lui son arc de cormier; qu'il marche seul à travers les rocs, sur le bord des torrens bleuâtres. Suis-le de loin en le regrettant, et jette, d'une main timide, dans les sentiers qu'il a parcourus, les fleurs sauvages de l'églantier.

Au milieu de l'antique Helvétie, dans ce pays si renommé par la valeur de ses habitans, trois cantons, dont l'enceinte étroite est fermée de toutes parts de rochers inaccessibles, avaient conservé ces mœurs simples que le créateur du monde donna d'abord à tous les humains pour les défendre contre le vice. Le travail, la frugalité, la bonne foi, la pudeur, toutes les vertus poursuivies par les conquérans, les rois de la terre, vinrent se cacher derrière ces montagnes. Elles y furent long-temps inconnues, et ne se plaignirent point de leur heureuse obscurité. La liberté vint à son tour s'asseoir sur le haut de ces roches; et, depuis ce jour fortuné, le vrai sage, le vrai héros, ne prononce qu'avec respect les noms d'Uri, de Schwitz, d'Underwald.

Les habitans de ces trois contrées, sans cesse occupés des travaux champêtres, échappèrent pendant plusieurs siècles aux crimes, aux malheurs produits par l'ambition, par les querelles, par le coupable délire de ces nombreux chefs de barbares qui, sur les ruines de l'empire romain, fondèrent une foule d'États, usurpèrent les droits des hommes, gouvernèrent par un code horrible, rédigé par l'ignorance en faveur de la tyrannie et de la superstition. Oubliés, méprisés peut-être par ces dévastateurs du monde, les laboureurs, les pâtres d'Uri, faiblement soumis aux nouveaux Césars, portèrent du moins encore le nom consolant de libres. Ils gardèrent leurs anciennes lois, leurs coutumes, leurs austères mœurs. Tranquilles, maîtres souverains dans leurs paisibles chaumières, les pères de famille vieillissaient en paix, environnés d'amour, de respect. Leurs enfans, ignorans du mal, craignant Dieu, redoutant leur père, ne connaissaient d'autre bonheur, d'autre désir, d'autre espérance, que de ressembler à l'homme de bien dont ils avaient reçu le jour; lui obéir et l'imiter formaient le cercle de leur vie. Ce peuple simple et vertueux, presque ignoré de l'univers, resté seul avec la nature, protégé par sa pauvreté, continuait d'être bon, et pourtant n'était point puni.

Non loin d'Altorff, leur capitale, sur le rivage du lac qui donne à la ville son nom, s'élève une haute montagne, d'où le voyageur, fatigué d'une longue et pénible marche, découvre une foule de vallées, ceintes inégalement par des monts et par des rochers. Des ruisseaux, des torrens rapides, tantôt tombant en cascades et bondissant à travers les rocs, tantôt serpentant dans un lit de mousse, descendent ou se précipitent, arrivent dans les vallons, se mêlent, confondent leurs eaux, arrosent de longues prairies couvertes de troupeaux immenses, et vont se jeter dans les lacs limpides où les taureaux viennent se laver.

Sur la cime de cette montagne était une pauvre chaumière, environnée d'un modique champ, d'un plant de vignes, d'un verger. Un laboureur, un héros, qui s'ignorait encore lui-même, qui ne connaissait de son cœur que son amour pour son pays, Guillaume Tell, à peine à vingt ans, reçut de son père cet héritage. Mon fils, lui dit le vieillard mourant, j'ai travaillé, j'ai vécu. Soixante hivers se sont écoulés dans cet asile paisible, sans que le vice ait osé franchir le seuil de ma porte, sans qu'une seule de mes nuits ait été troublée par les remords. Travaille comme moi, mon fils; comme moi choisis une femme sage, de qui l'amour, la confiance, la douce et patiente amitié double tes plaisirs innocens, prenne la moitié de tes peines. Marie-toi, ô mon cher Guillaume; l'homme vertueux sans épouse n'est vertueux qu'à demi. Adieu, modère ta douleur. La mort est facile pour l'homme de bien. Quand je t'envoyais porter à nos frères les fruits, le pain dont ils manquaient, n'avais-tu pas du plaisir à venir me rendre compte des bonnes actions dont je t'avais chargé? Hé bien, mon ami, je vais rendre compte à mon père des bonnes actions dont il me chargea si longtemps. Il me recevra, mon fils, comme je te recevais. Je t'attendrai près de lui. Sois bien aux lieux où je te laisse, sois-y bien tant que tu seras libre; mais si jamais un tyran osait porter la moindre atteinte à notre antique liberté, Guillaume, meurs pour ton pays, tu verras que la mort est douce.

Ces paroles restèrent gravées dans l'âme sensible de Tell. Après avoir rendu les derniers devoirs au vénérable vieillard, après avoir creusé sa tombe au pied d'un sapin, près de sa maison, il se fit serment à lui-même, et jamais il ne viola ce serment, de se rendre seul, chaque soir, sur cette tombe sacrée, de se rappeler toutes ses actions, toutes ses pensées du jour, et de demander à son père s'il était content de son fils.

O combien il dut de vertus à cette obligation pieuse! Combien la crainte de rougir, en interrogeant l'ombre paternelle, accoutuma son âme de feu à vaincre, à dompter ses passions! Maitre de ses plus vifs désirs, faisant tourner jusqu'à leur violence au profit de la sagesse, Tell, héritier des biens de son père, s'imposa des travaux plus forts, obtint de la terre une moisson double, que les pauvres venaient partager. Levé dès l'aube matinale, soutenant d'un bras vigoureux l'extrémité d'une charrue que deux taureaux traînaient avec peine, il enfonçait son fer luisant dans un sol semé de cailloux, hâtait ses animaux tardifs de l'aiguillon qu'il tenait à la main, et, le front ruisselant de sueur, ne se reposait, à la fin du jour, que pour plaindre les infortunés qui n'avaient point de charrue. Cette idée l'accompagnait en ramenant ses taureaux, elle ne le quittait point durant son sommeil; et, le lendemain, dès l'aurore, Tell s'en allait labourer le champ de ses indigens amis; il l'ensemençait pendant leur absence, il se cachait d'eux, non pour leur ôter le plaisir d'être reconnaissans, mais pour s'épargner à lui-même la pudeur de la bienfaisance exercée envers ses égaux. C'étaient là ses soins, ses délassemens : travailler et faire du bien l'occupait et le reposait.

La nature, en douant Guillaume d'une ame si pure et si belle, avait voulu lui donner encore l'adresse, la force du corps. Il surpassait de toute la tête les plus grands de ses compagnons; il gravissait les rocs escarpés, franchissait les larges torrens, s'élançait sur les cimes glacées, prenait les chamois à la course. Ses bras pliaient, rompaient le chêne à peine entamé par la hache, ses épaules le portaient entier avec son immense branchage. Les jours de fêtes, au milieu des jeux que célébraient les jeunes archers, Tell, qui n'avait point d'égal dans l'art de lancer les flèches, se voyait forcé de rester oisif, afin que les prix fussent disputés. On le plaçait, malgré son âge, parmi les vieillards assis pour juger. Là, frémissant de cet honneur, immobile, respirant à peine, il suivait les flèches rapides, applaudissait avec transport l'archer dont les coups approchaient du but, et ses bras, élevés sans cesse, semblaient attendre, pour l'embrasser, un rival digne de lui. Mais, quand les carquois étaient épuisés sans qu'on eût atteint la colombe, lorsque l'oiseau, fatigué de se débattre inutilement, se reposait sur le haut du mât, et regardait d'un œil tranquille ses impuissans ennemis, Guillaume seul se levait, Guillaume prenait son grand arc, ramassait à terre trois flèches : la première, frappant le mât, faisait revoler la colombe; la seconde coupait le cordon qui retenait son pénible vol; la troisième allait la chercher jusqu'au milieu de la nue, et la rapportait palpitante aux pieds des juges étonnés.

Sans s'enorgueillir de tant d'avantages, préférant aux plus éclatans succès la plus obscure des bonnes actions, Tell se reprochait sa lenteur à obéir aux ordres de son père. Tell voulut devenir époux, et la jeune Edmée attira ses vœux. Edmée était la plus chaste, la plus belle des filles d'Uri. L'air qui vient avant la lumière agiter les feuille des arbrisseaux, la source qui filtre du roc, et dont chaque goutte brillante réfléchit les premiers rayons, étaient moins purs que le cœur d'Edmée. La paix, la douceur, la raison, l'avaient choisie pour leur sanctuaire. La vertu, qu'elle possédait sans en connaître même le nom, était pour elle l'existence. Son âme n'aurait pas compris que l'on pût cesser d'être sage autrement qu'en cessant de vivre.

Orpheline et sans fortune, élevée depuis son enfance chez un vieillard, dernier parent de son indigente famille, Edmée gardait les troupeaux de ce vieillard vertueux.

Avant que l'aurore vînt éclairer la cime des sombres sapins, Edmée était sur les montagnes, environnée de ses brebis, et faisant tourner le fuseau qui filait l'habit de son bienfaiteur. Elle revenait, avec l'ombre, ranger, disposer la maison, préparer le repas du soir et celui du lendemain, épargner au faible vieillard le souci de rien désirer tandis qu'elle serait absente. Elle se livrait ensuite au sommeil, satisfaite de sa journée, heureuse d'avoir acquitté la douce dette de la reconnaissance, et sûre que le lendemain lui donnerait le même plaisir.

Tell la connut, il l'aima. Tell n'employa point auprès d'elle ces soins attentifs, cette complaisance, cet art inconnu de son cœur, qui profane souvent l'amour en le mêlant à la finesse, qui sait presser ou retarder l'aveu d'un tendre sentiment. Étranger à cette étude, ignorant que le don de plaire pût être distinct du plaisir d'aimer, Tell ne chercha point l'occasion de voir plus souvent Edmée; il ne la suivit point aux montagnes, il ne l'attendit pas le soir lorsqu'elle ramenait son troupeau. Guillaume, au contraire, pendant son absence, allait visiter son vieux bienfaiteur. Là, dans de longs entretiens où présidaient la franchise, l'épanchement, la vérité, Guillaume écoutait le vieillard, qui se plaisait à parler d'Edmée, rapportait ses moindres actions, répétait toutes ses paroles, rendait compte, les larmes aux yeux, de la patience, de la douceur, de l'inépuisable bonté qui lui rendaient chaque jour cette orpheline plus chère. Ces louanges, qui retentissaient au fond de l'âme de Tell, augmentaient plus son amour que la vue de son amante. Elle arrivait pendant ces récits; et Tell lisait sur son front, dans ses regards, dans son air modeste, tout ce qu'il venait d'entendre. Il osait à peine, en tremblant, lui adresser quelques paroles, la quittait bientôt en baissant les yeux, la saluait avec respect et se retirait à pas lents dans son asile solitaire, pour s'occuper d'elle mieux qu'en sa présence.

Enfin, après six mois passés, Guillaume, sûr que son amour était une vertu de plus, résolut de le découvrir à celle qui l'avait fait naître. Seul devant elle, il n'eût osé; mais, plus hardi devant tout le peuple, un jour de fête, au sortir du temple, il attendit la jeune Edmée. Edmée, lui dit-il, je t'aime, je t'honore encore plus; j'étais bon, tu m'as fait sensible; si tu crois être heureuse avec moi, reçois mon cœur et ma main; viens habiter dans ma maison, viens sur la tombe de mon père m'enseigner les vertus qu'il m'aurait apprises. Edmée baissa les yeux, rougit pour la première fois. Bientôt rassurée et tranquille, certaine que ce qu'elle pensait pouvait et devait être dit: Guillaume, répondit-elle, je te rends grâce de m'avoir choisie; satisfaite jusqu'à ce jour de ma paisible félicité, je sens qu'elle doit s'augmenter par le droit si doux de te dire que c'est toi que j'aurais choisi. A ces mots elle lui tend la main, que le jeune Tell presse dans la sienne; ils se regardent, et, sans se parler, tous leurs sermens furent prononcés.

Cet hymen fixa le bonheur dans la chaumière de Tell. Le travail eut pour lui plus de charmes, parce qu'Edmée en recueillait le fruit; le bien qu'il faisait lui sembla plus doux, parce qu'Edmée en était instruite. Toujours ensemble, ou ne se quittant que pour se retrouver bientôt, ils tempéraient, par leur caractère ami de la paix, de la réflexion, cette dangereuse ivresse de l'amour satisfait sans cesse; ils modéraient ses transports par les plaisirs plus durables de l'amitié, de la confiance; par ce respect mutuel, cette crainte tendre et modeste de ne devenir jamais assez dignes l'un de l'autre, cette certitude de rendre leurs âmes plus vertueuses, plus belles, en échangeant toutes leurs pensées, en confondant tous leurs sentimens.

Un fils vint bientôt serrer leurs liens, et ces noms si chers de père et de mère furent une source nouvelle de délices encore inconnues. Le jeune, le charmant Gemmi fut confié d'abord à Edmée; elle voulut être seule chargée des soins de sa première enfance; mais aussitôt qu'il eut atteint sa sixième année, Guillaume ne le quitta plus. Il le conduisait avec lui dans les champs, dans les pâturages; lui montrait la terre couverte d'épis, les montagnes, les eaux, les forêts, et, ramenant ses yeux vers le ciel, il lui faisait prononcer avec crainte le nom sublime de Dieu; il lui disait que ce Dieu, juge et témoin de toutes nos pensées, ne demandait à l'homme que d'être bon pour le rendre à jamais heureux. Chaque matin et chaque soir il lui répétait ce précepte, lui expliquait par son exemple ce que c'est que d'être bon; mais, sans égard pour la faiblesse, pour l'âge du timide enfant, il le conduisait dans les neiges, le faisait gravir sur les glaces, exerçait ses jeunes mains à soulever le joug des taureaux, à caresser sans effroi ces animaux redoutables, à les lier à la charrue et la conduire avec lui.

Ce même enfant, grave, réfléchi, lorsqu'il travaille ou qu'il s'entretient avec Guillaume, n'est plus qu'un fils doux et timide, dès qu'en rentrant à la maison il court se jeter entre les bras de sa mère. Tendre, attentif, caressant, il cherche dans les yeux d'Edmée le moindre désir qu'elle va former. Il le pressent, le pénètre : Edmée ne l'a pas exprimé, il est accompli par Gemmi. O combien cet enfant si cher rendait heureuse sa bonne mère! Combien de fois, en l'absence de Tell, dont le visage sévère désapprouvait tout excès d'un sentiment même légitime, Edmée, pressant sur son cœur le jeune, l'aimable Gemmi, lui répétait avec le délire l'ivresse de l'amour maternel : Mon fils, mon unique fils, c'est dans tes jours que j'ai mis ma vie, c'est dans ton âme que mon âme existe. Sache-le bien, mon cher fils, sois-en sûr, et, devant ton père, feins de l'ignorer.

Tell joignait à tant de biens le bien le plus nécessaire dans le bonheur et dans le malheur, Tell possédait un ami. Cet ami, presque de son âge, habitait parmi les rochers qui séparent Uri d'Underwald. La ressemblance de leurs cœurs, et non de leurs caractères, les avait unis dès l'enfance. Melctal, aussi pur, aussi brave, aussi généreux que Tell, aimait autant que lui la vertu, la liberté, la patrie; mais son amour, moins réfléchi, moins concentré dans un foyer brûlant, était capable de grandes actions, sans l'être de longues souffrances. Melctal, vif, bouillant, emporté, ne pouvait cacher un seul sentiment, exhalait dans ses paroles, épuisait dans un premier transport la passion ardente qui l'enflammait. Tell la réprimait au contraire, la nourrissait, l'augmentait, ne permettait pas à sa bouche, aux moindres traits de son visage de l'exprimer, de la découvrir. Tous deux abhorraient l'injustice ; mais l'un se bornait à tonner contre elle, à donner sa vie pour la punir; l'autre la suivait en silence, afin de la réparer. L'un, semblable au torrent fougueux qui renverse les premiers obstacles, ne savait rien ménager dans son impétueux élan ; l'autre, commandant toujours à son indignation profonde, amassait avec patience ses ressentimens contre les pervers, semblable aux neiges de plusieurs hivers accumulées sur les montagnes, et qui descendent toutes à la fois lorsque le soleil vient les détacher.

Melctal et Guillaume traversaient souvent le court espace qui les séparait pour réunir leurs familles, pour passer ensemble les jours de repos. Ces jours, attendus par les deux amis, se partageaient entre eux également. Tantôt c'étaient la bonne Edmée, avec son époux et son fils, qui se mettaient en chemin, et s'en allaient porter à Melctal des fruits, du lait, des prémices de leur vigne ou de leur verger. Tantôt Melctal arrivait, donnant le bras à son vieux père et conduisant par la main sa fille, unique gage qui lui fût resté d'une épouse qu'il pleurait encore. Tell les attendait à sa porte. Un siége était déjà tout prêt pour y faire asseoir le vieillard; une coupe pleine de vin était pour lui dans les mains d'Edmée; et Gemmi, dont les yeux inquiets regardaient toujours le chemin, tenait un bouquet de fleurs qu'il devait offrir à l'aimable Claire.

Oh! qu'ils étaient purs et touchans les plaisirs qu'ils goûtaient ensemble! que de délices ils trouvaient autour de la table rustique où leur frugal repas se prolongeait! Dès qu'il était achevé, le vieux Melctal, malgré le poids de ses quatre-vingts années, sans autre appui que son bâton, allait gagner le sommet le plus élevé de la montagne, y prenait place au milieu de ses amis, de ses enfans, découvrait son front vénérable pour recevoir sur ses cheveux blancs la douce chaleur du soleil; et lorsque ses yeux satisfaits s'étaient rassasiés quelques instans du spectacle de la nature, de ce spectacle qui l'enchantait, le transportait aussi vivement que dans ses beaux jours, il commençait à parler de ses premières années, de ses peines, de ses plaisirs, des chagrins attachés à la vie, des consolations qu'on trouve toujours dans sa conscience et dans sa vertu. Tell, Melctal, Edmée, écoutaient avec un respect attentif : Claire et Gemmi, assis tous deux entre les genoux du vieillard, se regardaient par intervalles, quelquefois se pressaient la main. Un seul coup d'œil de Guillaume faisait monter sur leur front une naïve rougeur; et le vieillard, qui s'en apercevait, les excusait auprès de Guillaume.

Claire et Gemmi grandissaient tous deux, et leurs innocentes amours suivaient les progrès de leur âge. Déjà les jours heureux qu'ils passaient ensemble revenaient trop tard au gré de leurs vœux. Gemmi, pendant les longues semaines qui s'écoulaient sans qu'il vît son amie, cherchait, inventait des prétextes pour s'échapper de sa maison, pour voler à celle de Claire. Tantôt il venait dire à Melctal qu'un ours avait paru dans la montagne, que les troupeaux étaient menacés; aussitôt il venait lui apprendre que, dans la précédente nuit, le vent du nord avait fané les jeunes bourgeons de la vigne. Melctal l'écoutait avec un sourire, le remerciait de ses soins, de son attentive amitié. Claire s'empressait de lui présenter un vase rempli d'un lait écumant. Gemmi, en saisissant le vase, touchait de ses mains les deux mains de Claire, qui demeuraient jointes aux siennes jusqu'à ce qu'il ne restât plus de la bienfaisante liqueur. Gemmi la buvait lentement; ses yeux ne se détachaient point des yeux de celle qu'il aimait; et, satisfait de ce regard, content de sa course et de sa journée, il revenait chez son père en s'occupant d'une occasion nouvelle de refaire le même chemin.

Ainsi vivaient ces deux familles; ainsi vivait un peuple de frères, dont les vieillards, les enfans, les mères et les époux, ne connaissaient d'autre richesse, d'autre bonheur, d'autre plaisir que le travail, l'innocence, l'amour et l'égalité. Tout à coup la mort de Rodolphe vint leur arracher tous ces biens. Rodolphe, élevé par la fortune sur le trône des Césars, avait toujours respecté la liberté de la Suisse. Son successeur, le superbe Albert, enorgueilli de ses vains titres, de ses héritages immenses, de la réunion de toutes les forces de l'Empire et de l'Autriche, s'indigna que, dans ses États, quelques pâtres, quelques laboureurs, fussent exempts du nom de sujets. Il acheta, il crut payer la propriété d'un peuple. Il pensa que de vils trésors le rendaient souverain des hommes. Un gouverneur fut nommé par lui pour aller opprimer les Cantons; et ce gouverneur fut Gesler, le plus barbare, le plus lâche des courtisans du jeune empereur.

Gesler, suivi d'esclaves armés, dont il faisait à son choix des bourreaux, vint s'établir dans Altorff. Ardent, impétueux, inquiet, dévoré d'une activité que le mal seul pouvait satisfaire, Gesler se tourmenta lui-même pour se perfectionner dans l'art de tourmenter les humains. Frémissant au nom de la liberté, comme le loup poursuivi des chasseurs frémit au sifflement des flèches, il se promit, il se jura d'anéantir jusqu'à ce nom. Tout fut permis par Gesler à ses infâmes satellites; il leur donna lui-même l'exemple de la rapine, du meurtre, des attentats contre la pudeur. Le peuple se plaignit en vain, ses plaintes furent punies. La vertu timide alla se cacher dans l'intérieur des chaumières. La jeune vierge trembla derrière sa mère effrayée. Le laboureur maudit la terre qui lui payait ses sueurs par une moisson abondante qu'il n'espérait plus de recueillir. Les vieillards, heureux de leur âge, qui leur présentait la mort comme une libératrice, se joignirent aux vœux de leurs fils pour les voir mourir avec eux; partout enfin, dans les trois contrées, le voile épais du malheur fut étendu comme un crêpe funèbre par la main du cruel Gesler.

Dès l'arrivée de Gesler, Tell avait pressenti les maux dont sa patrie allait être accablée. Sans le dire même à Melctal, sans alarmer sa famille, sa grande âme se prépara, non à souffrir, mais à délivrer son pays. Les crimes se multiplièrent; les trois Cantons, frappés d'épouvante, tremblèrent aux pieds de Gesler; Guillaume ne trembla pas, Guillaume ne fut point surpris. Il vit les forfaits d'un tyran comme il voyait sur l'aride roc la ronce se couvrir d'épines. Bientôt l'impétueux Melctal exhala près de lui sa fureur. Guillaume l'écoutait sans répondre. Ses yeux ne versaient point de larmes; son front, son visage, impassibles, ne décelaient point ses projets. Pénétré d'estime pour son ami, certain de lui, mais se défiant de sa fougue, il lui cachait sa douleur pour ne pas irriter la sienne; il lui dérobait son secret jusqu'au moment de l'exécution. Sa prévoyance lui montrait ce moment encore éloigné. Tranquille, sombre, farouche, il passait les longues journées sans embrasser son enfant, sans tourner les yeux vers sa femme; avant l'heure accoutumée, il se levait, attelait ses taureaux, les conduisait dans son champ, qu'il labourait d'une main distraite; son aiguillon échappait de sa main; il s'arrêtait tout à coup au milieu d'un sillon mal tracé; sa tête tombait sur sa poitrine; ses regards se fixaient sur la terre; immobile, morne, respirant à peine, il mesurait, il calculait la puissance du tyran, les moyens de la détruire; mettait dans la balance de sa raison, d'un côté le cruel Gesler entouré de ses satellites, armé d'un pouvoir sans bornes, appuyé par toutes les forces de l'Empire; et de l'autre, un laboureur avec la pensée de la liberté.

Un soir que Guillaume et sa femme, assis tous deux devant leur chaumière, regardaient, à quelque distance le jeune Gemmi essayant ses forces contre le bélier chef de leur troupeau, la vue de cet enfant s'abandonnant à sa joie naïve, l'idée des malheurs affreux que l'esclavage lui préparait, firent tomber le sensible Tell dans une profonde rêverie, et, pour la première fois de sa vie, ses yeux laissèrent échapper des larmes.

Edmée le considérait ; elle hésita longtemps à lui parler ; cédant enfin au plus vif désir de l'amour, au besoin de partager les peines de l'objet aimé, elle s'approche, saisit sa main, et le regardant fixement : Ami, dit-elle, que t'ai-je fait pour mériter ce cruel abandon ? que t'ai-je fait pour avoir perdu cette confiance dont j'étais si fière ? Tu souffres des maux que ta femme ignore ; tu veux donc qu'ils soient pour elle plus douloureux que pour toi ? Depuis quinze ans ne sais-tu pas que ma pensée attend la tienne, que je n'ose croire au bonheur, le goûter, le ressentir, qu'après la douce certitude que ce bonheur vient de mon époux ? Hélas ! je m'examine en vain, mon cœur est toujours le même ; pourquoi le tien ne l'est-il plus ? Rien n'a changé dans notre asile, mon époux serait-il changé ? Regarde notre chaumière ; c'était là que nous nous aimions ; regarde ce champ labouré par toi, dont la récolte nous assure de quoi vivre, de quoi donner, pendant le cours de cette année. Regarde la lune brillante se lever derrière ces monts pour nous annoncer un jour aussi beau que celui qui va finir. Contemple enfin notre fils, dont la joie, les ris innocens semblent provoquer nos ris, et nous commander d'être heureux autant qu'il est heureux lui-même. Que te faut-il? ô Guillaume! parle, mon âme impatiente souhaite déjà ce que tu désires.

Edmée, lui répond Tell, ne prononce point le nom de bonheur; tu rendrais plus affreux le poids qui m'oppresse à toutes les heures. Que je te plains, infortunée, si tu peux croire à la félicité, si tu comptes pour quelque chose cet humiliant repos dont notre obscurité nous fait jouir, lorsque la Suisse est asservie, lorsque le barbare Gesler, cet émissaire insolent d'un despote plus superbe encore, nous commande, frappe nos fronts avec une verge de fer! Tu me montres cette moisson que mes travaux ont fait naître; Gesler d'un mot peut me la ravir. Tu me montres cette chaumière, où mes pères depuis trois cents ans ont pratiqué la vertu; Gesler peut m'en arracher; et cet enfant que j'adore, cette portion de toi-même, qui, en s'emparant de tout mon amour, le redouble cependant pour toi, cet enfant dépend de Gesler. Ma terre, ma femme, mon fils, jusqu'au tombeau de mon père, rien n'est à moi, tout est au tyran! L'air que nous respirons à son insu est un vol fait à sa puissance. O comble de l'ignominie! un peuple entier, une nation est soumise aux caprices d'un homme... Qu'ai-je dit? d'un homme.... ô mon Dieu! pardonne-moi d'avoir profané le nom de ton plus bel ouvrage. L'humanité ne peut avoir rien de commun avec les tyrans. Elle doit être leur victime jusqu'au moment où, reprenant ses droits, elle venge dans un seul jour les outrages de mille siècles. Ce désir, cet espoir m'animent. Toute mon âme ne peut suffire à la grandeur de mes desseins. Garde-toi de m'en distraire, garde-toi de vouloir m'attendrir en m'occupant de toi, de mon fils. Un esclave n'a point d'enfant; un esclave n'a point de femme. Je le suis, toute la nature a cessé d'exister pour moi. Tes yeux, aveuglés par l'amour, se promènent avec complaisance sur cette chaumière, sur ce beau pays, où jadis nous fûmes heureux; les miens, ouverts par la vertu, ne peuvent rien voir que ce fort terrible bâti sur le haut de ce roc, pour tenir Uri dans les fers.

As-tu pensé, lui dit Edmée, que mon cœur indigne du tien n'était pas flétri dès long-temps par le seul nom de la servitude? As-tu pensé que je pouvais aimer Tell sans détester les tyrans? Ah! garde-toi de mépriser ces âmes douces et naïves qui semblent ne se nourrir que de tendres sentimens! Va, la sensibilité, quelquefois mère des faiblesses, l'est plus souvent des grandes vertus. Celui qui pleure à l'aspect du malheur, au récit d'une belle action, prouve qu'il veut soulager l'un, et qu'il est capable de l'autre. Juge ta femme par toi-même : est-il deux êtres en nous? Tu adores ta patrie; juge si je dois la chérir, puisqu'elle est à la fois ta patrie et la mienne. Toutes les qualités de ton âme ont, à mes yeux, pardessus leur beauté, celle de t'appartenir. Sans toi, j'eusse été vertueuse; en t'aimant je le suis deux fois. Parle donc avec confiance, dévoile-moi tes desseins. Mon sexe m'ôte l'espoir de t'offrir un secours utile; mais mon sexe ne m'empêche point de mourir pour te seconder.

Tell, à ces mots, embrasse Edmée, et se prépare à lui ouvrir son ame, lorsque des cris mêlés de sanglots se font entendre du côté de sa chaumière. Les deux époux se lèvent précipitamment; ils aperçoivent leur fils, pâle, tout couvert de larmes, les bras élevés au ciel, courant vers eux avec effroi : O mon père, disait-il d'une voix entrecoupée, venez, venez à son secours..... Melctal, le vieillard Melctal..... Les barbares! ils ont osé.... Comme il parlait, Claire paraît soutenant la marche tremblante de l'infortuné vieillard. Celui-ci, de sa main droite, appuyé sur un bâton, tenait de la gauche le bras de l'inconsolable Claire. Il s'écriait à chaque pas : Tell, mon cher Tell, où es-tu? et ses mains s'avançaient pour rencontrer Tell, et ses pieds heurtant contre les cailloux le forçaient de reprendre l'appui qu'il venait de quitter un instant.

Guillaume accourt, saisit le vieillard, le

presse contre sa poitrine, le considère, jette un cri terrible ; ses cheveux se dressent, en ne retrouvant sur ce visage vénérable que la trace sanglante des yeux que le fer vient de lui ravir. Saisi d'épouvante et d'horreur, Tell recule en chancelant ; il ne s'arrête qu'à un roc où il demeure à demi renversé. Edmée est évanouie ; Gemmi s'empresse de la secourir ; et Claire, rappelant Guillaume, lui montre le vieillard aveugle, et regarde le ciel en pleurant.

Tu t'éloignes, mon seul ami, s'écrie Melctal d'une voix défaillante, tu trembles d'être souillé du sang qui coule de mes plaies ! Ah ! reviens, reviens sur mon sein. Mon cœur, mon cœur me reste encore ; que je le sente du moins palpiter contre le tien ; que je puisse du moins m'assurer, en t'embrassant, en te touchant, que les barbares qui m'ont privé des yeux ne m'ont pas ôté mon ami !

Pardonne, lui répond Tell en se précipitant dans ses bras, pardonne au premier mouvement de ma pitié, de mon horreur. O le plus vertueux des hommes ! ton malheur ne peut augmenter le respect que j'avais pour toi; mais il augmente ma tendresse; il rend plus fort, plus sacré le doux lien qui nous unit. Eh! pourquoi, comment, dans quel lieu, ces méchans, altérés de crimes, ont-ils osé porter leurs mains sur la vieillesse, sur la vertu? Que leur as-tu fait? Melctal. Ton fils est donc mort en te défendant! S'il voyait encore le jour, t'aurait-il abandonné? t'aurait-il laissé sous la garde d'une faible et malheureuse fille qui ne peut, hélas! que pleurer? Mais c'est moi qui remplace ton fils; c'est moi qui hérite aujourd'hui et de sa tendresse et de sa vengeance.

N'accuse point mon fils, répond le vieillard, ne juge point ton ami sans l'entendre. Asseyez-moi au milieu de vous; que je te sente à mes côtés, Guillaume, que ma Claire ne me quitte pas, et que ton Edmée et Gemmi me prêtent une oreille attentive.

On conduit alors le vieillard sur un tertre couvert de mousse. Il s'assied auprès de Tell; Edmée, assise derrière lui, renverse, soutient sur son sein la tête vénéra-

ble de Melctal ; Claire et Gemmi, à ses genoux, baisent sa main qu'ils ont saisie, et la baignent de leurs pleurs.

Écoutez-moi, leur dit Melctal ; retenez les transports de votre tendresse, retenez ceux de votre colère. Ce matin, dans le moment même où le dernier soleil que mes yeux devaient voir est venu dorer nos montagnes, mon fils, Claire et moi, nous étions aux champs. Claire m'aidait à lier les gerbes de notre moisson ; mon fils les entassait dans le char, où deux génisses attelées devaient les traîner à notre chaumière. Tout à coup paraît un soldat, un satellite du cruel Gesler. Il vient droit à nous, foulant nos épis, arrive au char, l'examine, et d'une insolente main détache le joug des génisses. De quel droit, lui dit mon fils, m'enlèves-tu ces animaux, mon unique bien, ma seule richesse, ceux qui nourrissent ma famille, et donnent à ton gouverneur le salaire que tu reçois ! Obéis, répond le soldat, et n'interroge pas tes maîtres. A ces mots j'ai vu la fureur enflammer les yeux de mon fils. Il saisit le joug des génisses détaché par le satellite, l'arrache de ses mains, le lève, et, retenu par mes cris : Barbare, dit-il, rends grâce à mon père; sa voix, plus puissante sur le cœur d'un fils que la colère de la justice, m'empêche de purger la terre d'un ennemi de l'humanité; fuis, lâche, hâte-toi de fuir; tremble que ce champ ne soit le tombeau d'un vil agent de la tyrannie. Le soldat était déjà loin. Je tenais Melctal dans mes bras : Mon fils, lui dis-je, au nom du ciel, au nom de ton père et de ton enfant, dérobe-toi à l'heure même à la vengeance de Gesler! je le connais, il est implacable ; il se baignera dans ton sang, il le fera rejaillir sur les cheveux blancs de ton père : épargne-moi, mon fils, mon cher fils, sauve-moi la vie en sauvant la tienne?

Non, mon père, répondit-il avec l'accent de la piété, de la colère, du désespoir, non, je ne vous quitte point! j'aime mieux mourir en vous défendant, que de trembler un instant pour vous. Gesler et toute sa puissance ne peuvent m'arracher des bras de celui qui me donna la vie. Je veux, je dois..... M'obéir, interrompis-je d'un ton sévère : rien n'est à craindre pour mes jours ; laisse-moi veiller à la garde de ta chaumière et de ta fille, laisse-moi le soin de lui conserver et son père et son héritage. Va te cacher pendant quelques jours dans les montagnes d'Underwald ; Claire et moi nous irons t'y joindre quand l'orage sera calmé. Va, cours dès ce moment même : je t'en ai prié, je te le commande, je te l'ordonne comme ton père.

A ces mots le fougueux Melctal baisse tristement la tête, se met à genoux, me fait ses adieux, et demande ma bénédiction. Je le pressai contre mon cœur, je le baignai de mes larmes. Claire se jeta dans son sein, Claire essuya de ses baisers les pleurs que son malheureux père s'efforçait en vain de cacher. Bientôt, s'arrachant des bras de sa fille, il la remit dans les miens, me serra la main, et partit sans oser retourner la tête.

Claire et moi, demeurés seuls, nous retournâmes à notre chaumière. Mon dessein était d'aller sur-le-champ trouver le tyran dans Altorff, voir, m'assurer par mes yeux si tout sentiment de justice était étranger à son âme. Seul, je voulais m'exposer à sa redoutable vue, obtenir le retour de mon fils, ou mourir en le demandant. Mais tout à coup je vois ma chaumière environnée de nombreux soldats. Tous appellent Melctal à grands cris, tous m'interrogent, me pressent, me chargent bientôt de chaînes, me traînent devant Gesler.

Où est ton fils? me dit-il d'une voix sombre et farouche. Il faut expier son crime à sa place, ou le livrer à ma fureur. Frappe, lui dis-je, je rendrai grâce à Dieu si je dois à ta barbarie de donner deux fois la vie à mon fils. Gesler me regarde d'un œil fixe, où se peignaient à la fois et la tranquille soif du sang et l'embarras d'inventer un supplice que ma vieillesse n'abrégeât pas. Enfin, après un long silence, il fait un signe à ses bourreaux; et ces barbares, devant lui, sans qu'il détournât la vue, sans que l'affreux sourire du crime, certain de l'impunité, quittât son visage féroce, me saisissent, me renversent, et leur main armée d'un fer acéré l'enfonce dans mes faibles yeux.

C'en est assez, leur dit Gesler, laissez vivre ce débile aveugle! que ses liens soient brisés, qu'il aille rejoindre son fils. On m'entraîne, on me rejette à la porte du palais. Je marche, les bras étendus, je tombe dans ceux de Claire, de Claire qui m'avait suivi, et que les cruels satellites retenaient à la première enceinte. Je me sens presser dans son sein, je suis inondé de ses larmes; j'entends, à travers ses cris de douleur, ce mot, ce nom si doux à mon âme : Mon père! mon père! c'est moi. Je m'efforce d'arrêter ses cris, je la calme, je lui dérobe ma douleur, et lui demande de me conduire chez mon ami, l'ami de mon fils. Nous sommes en chemin, répond-elle, mon cœur me l'a dit avant vous. Nous arrivons, ô mon cher Guillaume! hélas! je ne puis plus te voir : mais je te sens auprès de moi, mais je tiens ta main dans la mienne; elle palpite au récit de mes maux : mon fils est sauvé, mon ami me reste, ah! je n'ai pas tout perdu.

FIN DU PREMIER LIVRE.

LIVRE SECOND.

Ainsi parla le vieillard. Aussitôt qu'il eut achevé son récit, Edmée, Claire et Gemmi, se précipitant à son cou, firent éclater leurs sanglots et le baignèrent de leurs larmes. Tell, demeurant immobile, le front appuyé sur une de ses mains, regardait fixement la terre; de grosses larmes tombaient goutte à goutte de ses yeux à demi-fermés; sa poitrine, oppressée d'un poids terrible, ne respirait qu'avec peine, et la main qui soutenait sa tête tremblait d'un mouvement convulsif. Après un long et sombre silence, il se lève tout à coup, embrasse le vieux aveugle, le serre deux fois avec étreinte contre son sein palpitant, fait des efforts pour parler, et ne peut prononcer que ces paroles dites d'une voix étouffée : Mon père, tu seras vengé.

Après ces mots, Guillaume retombe dans sa profonde rêverie. Debout, morne, silencieux, il examine, il médite encore ce qu'il a déjà médité; bientôt, reprenant ses esprits, il demande au vieillard, d'un air calme, s'il est informé de l'asile où s'est allé cacher Melctal. Oui, répond le malheureux père, mon fils a dû se retirer dans les cavernes profondes de la montagne de Faigel. Ces rocs déserts, inabordables, sont inconnus aux émissaires, aux satellites du tyran. Melctal m'a promis, m'a juré de n'en sortir que par mon ordre. Rends-lui sa parole, répond Guillaume; je te la demande pour lui; et toi, mon fils, prépare-toi, tu vas partir à l'heure même. Tu marcheras toute la nuit; au point du jour, tu dois arriver à la montagne Faigel. Cherche Melctal, ne t'arrête pas que tu ne l'aies découvert; tu lui diras en l'abordant : Ton ami m'envoie vers toi pour t'apprendre les crimes nouveaux de l'exécrable Gesler. Il vient d'arracher les yeux à ton père. Guillaume t'envoie ce poignard.

Tell alors tire de sa ceinture un fer qu'il ne quittait jamais. Gemmi s'approche avec respect, prend le glaive, le met dans son sein; Edmée et Claire, tremblantes, n'osent interroger Guillaume, regardent Gemmi, se regardent, et craignent de montrer leur inquiétude pour les périls qu'il va courir. Le vieux Melctal, étonné de l'ordre qu'il vient d'entendre, demande à Tell quels sont ses projets. Ton fils les connaît, lui répond Guillaume, et la seule vue de ce poignard lui dira tout ce qu'il doit faire. Le temps est cher, ne le perdons pas : je n'ai qu'un mot à te dire : Mon père, tu seras vengé.

Il prend aussitôt Gemmi par la main, et le conduit sans rien dire sur le tombeau de son père : là, après avoir reçu son serment, il lui confie une partie de ses projets, lui développe ses ressources, et l'instruit dans le plus grand détail de ce qu'il doit dire à Melctal.

Ils reviennent l'un et l'autre animés d'un généreux espoir. Gemmi est prêt à se mettre en marche; Claire demande à l'accompagner. Elle veut aller embrasser son père, elle veut lui porter des fruits, du pain, et d'autres alimens dont il manque dans les montagnes. Le vieux Henri permet ce voyage. Edmée remplit de ses provisions une corbeille d'osier; elle y joint du lait et du vin, remet la corbeille à son fils, le presse contre son sein, lui dit adieu, l'embrasse encore, et recommande à Claire, d'une voix basse, de veiller sur cet enfant si cher. Gemmi, armé d'un bâton ferré, dont son père lui montra l'usage, place sur sa tête la corbeille, présente le bras à la jeune Claire; et tous deux, se tenant ainsi, partent comme deux jeunes faons qui vont dans l'obscurité chercher de nouveaux pâturages.

Guillaume les a vu partir; Guillaume lui-même s'est revêtu d'une peau de loup qu'il portait toujours dans ses chasses lointaines. Cette peau, serrée contre son corps par une large ceinture, vient envelopper sa tête, où les dents de l'animal tombent et luisent sur son front; ses jambes sont à demi-couvertes par des brodequins d'ourson. Un carquois de cuir, plein de flèches brillantes, est attaché sur son épaule; et dans ses mains est cet arc terrible qui jamais ne se tendit en vain. Appuyé sur ce grand arc, regardant Edmée d'un œil tranquille :

Ma femme, dit-il, je vous quitte; je vais partir à l'instant; je laisse en vos mains notre hôte, le père de mon ami, le vieillard que je respecte, que je chéris comme mon père; ne vous occupez que de lui seul. Veillez près de lui pendant son sommeil. Soyez attentive la nuit et le jour à secourir, à soulager, à prévoir ses moindres douleurs. Acquittez à tous les instans ce que nous devons au malheur, à la vieillesse, à l'amitié. Bientôt vous me reverrez; deux jours suffisent à ma course. N'informez personne de mon absence, et que la porte de ma maison soit fermée jusqu'à mon retour.

Il dit, sort de la chaumière, prend un sentier différent de celui qu'a suivi Gemmi, et précipite ses pas.

Cependant Claire et Gemmi descendaient ensemble la montagne pour aller gagner les étroits sentiers qui mènent en Underwald. Ils font un circuit au-dessus d'Altorff, vont frapper à la chaumière d'un pêcheur ami de Tell, et lui demandent de les passer de l'autre côté du lac. Le bon pêcheur, empressé d'être utile à des enfans, court détacher son bateau, leur tend la main, les reçoit, et, saisissant les deux rames, il frappe l'onde transparente à coups égaux et rapides. Descendus à la rive opposée, les deux enfans rendent grace au pêcheur, et montent les roches arides qui de toutes parts enferment le lac. Claire veut porter à son tour le fardeau que porte Gemmi. Elle lui dispute cette douce charge, que Gemmi ne veut point céder. Enfin ils se la partagent; et tous deux, réunissant leurs mains sur l'anse de la corbeille, ils gravissent ainsi les sentiers, en se parlant, en se regardant avec douleur, avec tendresse, en s'arrêtant quelquefois sous prétexte de reprendre haleine, mais en effet pour se parler, pour se regarder de plus près.

La lune a déjà disparu. Déjà l'aurore, si tardive dans cette froide saison, vient dorer la cime des neiges, lorsque les jeunes voyageurs arrivent au pied du Faigel. Ils montent, ils cherchent des yeux s'ils ne découvriront point quelque chevrier, quelque pâtre qui puisse leur indiquer la solitaire caverne où Melctal s'est allé cacher. Rien ne paraît dans ces rocs déserts. C'est en vain que les deux enfans promènent au loin leur vue; ils ne découvrent que des glaces, ils n'aperçoivent que des chamois suspendus sur les précipices, et fuyant avec la rapidité de l'oiseau des airs aussitôt qu'ils sont regardés.

Enfin, vers la huitième heure, une légère fumée sortant du milieu des rocs fixe les yeux de Gemmi, qui la fait remarquer à Claire : tous deux volent vers cette fumée, franchissent des torrens glacés, traversent un bois de sapins, et parviennent à une caverne, où, dès l'entrée, ils aperçoivent au fond une flamme pétillante. Un homme était assis devant ce foyer, qu'il ranimait par des branches sèches. Au premier bruit qu'il entend, cet homme retourne la tête, se lève, saisit sa hache, et vient, en la tenant levée, au-devant des jeunes voyageurs. Que demandez-vous? leur dit-il avec un accent de colère. Nous sommes vos enfans, mon père, répond Claire en courant à lui; c'est Gemmi, c'est votre fille, qui viennent vous porter des vivres, et vous serrer dans leurs bras.

Elle dit, s'élance au cou de Melctal, qui, jetant loin de lui sa hache, pousse un cri de joie, reçoit sa fille, la presse contre son cœur, la couvre de ses baisers. Aussitôt, courant à Gemmi, qui le regardait en silence, il l'embrasse, le baigne de larmes, le confond avec Claire dans ses bras, prononce le nom de son père, celui de Tell, son ami, précipite ses questions, et les interrompt par les tendres caresses qu'il partage aux deux enfans. Enfin, les ramenant près du foyer, il les fait asseoir à ses deux côtés, et les écoute en essuyant ses larmes.

Claire l'instruit avec précaution du motif qui les amène, des ordres sacrés qu'elle vient porter de la part du vieillard Henri; bientôt la voix de Claire s'éteint, elle veut, elle ne peut dire le malheur affreux qu'elle pleure, le crime horrible de Gesler; trois fois elle commence ce récit, trois fois elle est forcée de l'interrompre. Gemmi vient à son secours. O Melctal! lui dit-il, vois nos larmes, elles t'annoncent de nouveaux malheurs. Mon père m'a chargé de te les apprendre; mon père m'a dit que son ami les entendrait avec constance, qu'il aurait pitié de sa fille Claire, et qu'il contiendrait sa douleur. Alors le jeune enfant raconte comment Gesler, l'exécrable Gesler s'est vengé du triste vieillard. A ce récit, le fougueux Melctal se lève, court à sa hache, veut s'élancer hors de la caverne, veut sur-le-champ courir se baigner dans le sang du cruel Gesler. Claire se jette à ses genoux; Gemmi se place devant lui : Pense à mon père, lui dit-il; tu ne te souviens donc plus de mon père? il n'est donc pas ton ami? écoute au moins ce qu'il te fait dire : Guillaume s'occupe de te venger; Guillaume est à présent chez Verner, et ce seul mot doit t'en apprendre assez. Voici les ordres de mon père; il me les a répétés deux fois : Va, mon fils, instruire Melctal du nouveau crime du tyran; ce n'est pas la fureur qui peut nous venger, c'est le courage et la prudence; je pars pour Schwitz, je vais trouver Verner, et faire armer son canton. Que Melctal se rende dans Stantz; c'est là que sont ses amis, et les principaux d'Underwald : qu'il les rassemble, les invite à préparer leurs armes, et qu'il aille ensuite m'attendre dans la caverne de Grutty, où Verner et moi ne tarderons pas à le joindre.

Melctal écoute Gemmi, et la joie douloureuse de la vengeance se peint dans ses yeux et sur son visage. Je vais obéir à Tell, s'écrie-t-il avec transport; je cours rassembler mes amis. Dès demain, Gemmi, tu peux en répondre à ton père, deux cents hommes, braves, fidèles, animés de l'amour de la liberté, prêts à mourir pour la reprendre, et certains, avant de mourir, d'immoler des milliers d'esclaves, élèveront sur la place de Stantz le drapeau de la liberté. Voici l'instant qu'attendait mon courage; il n'était enchaîné que par Tell, que par les ordres sacrés de mon vénérable père. Mon père, mon ami, me rendent à moi, courons, volons à la victoire; elle est à nous, elle est certaine. Je brûle de me voir aux mains avec le perfide Gesler. Qu'il vienne, qu'il vienne contre nous avec ses nombreux satellites, avec toute sa puissance; je suis plus fort, je marche à lui au nom de la liberté, de la piété filiale, de l'humanité outragée.

Il dit, et veut à l'instant même prendre la route de Stantz. La jeune Claire le retient; elle le force de donner du moins quelques momens à la nature, d'accorder à sa fille une heure pour jouir de ses tendres caresses, pour fortifier son corps affaibli par les alimens qu'elle vient d'apporter. L'impétueux, le sensible Melctal embrasse en pleurant sa fille chérie, serre dans ses bras le jeune Gemmi, consent à s'asseoir près de son foyer, place les deux enfans à ses côtés, et fait avec eux un frugal repas, qu'il précipite et qu'il abrége. Bientôt, armé de sa hache, il dit adieu à ses enfans, presse sa fille sur son cœur, et prenant la main de Gemmi : Écoute, lui dit-il, mon fils; je peux mourir dans notre entreprise; cette mort même aurait des délices, les cœurs généreux envieraient mon sort. Mais je veux du moins disposer du seul trésor que je possède, du trésor le plus cher à mon cœur après la liberté de mon pays. Ce trésor, mon fils, c'est ma Claire; je te la donne dès ce moment. Voilà ton épouse, Gemmi, serrez tous deux vos mains dans les miennes. Jurez sur mon cœur qui palpite pour mon pays, pour vous, pour mon père, jurez de vous aimer toujours, de vivre, de mourir l'un pour l'autre, de confondre tous vos sentimens dans votre amour ardent et pur. Vous êtes époux, mes enfans, je vous bénis au nom de mon père, au nom de mon digne ami.

Claire et Gemmi tombent à genoux, baissent la tête en se tenant la main, et reçoivent avec respect la bénédiction paternelle. Les pleurs coulaient sur leurs joues; Melctal lui-même était baigné de larmes, et ses yeux, animés de tous les transports qui remplissaient son âme ardente, brillaient de feux à travers ses larmes. Il relève ses enfans, il les embrasse de nouveau, leur dit adieu, leur répète encore ce qu'ils doivent rapporter à Guillaume; et, saisissant sa hache, il sort de la caverne à pas précipités, et prend le chemin de Stantz.

Les deux enfans, demeurés seuls, n'osent d'abord lever la vue l'un sur l'autre. Immobiles, la tête baissée, et se tenant encore la main, ils éprouvent un frémissement mêlé de joie, de bonheur, de crainte. Leurs âmes, agitées d'une foule de sentimens divers, ont peine à se remettre de tant de secousses; leur pudeur naïve, enfantine, leur fait craindre pour la première fois de se trouver ainsi solitaires. Gemmi, rassuré le premier, dit enfin d'une voix tremblante : Claire, vous êtes à moi; depuis long-temps vous êtes instruite que Gemmi n'appartient qu'à vous. Mais le moment où nous sommes, les dangers que vont courir nos pères, nous défendent de nous occuper de nous-mêmes; c'est à eux seuls que nous devons toute notre âme et tous nos momens. Partons, Claire, rejoignons ma mère, rendons-lui compte de notre voyage; et lorsque mon père et votre vénérable aïeul auront confirmé la bénédiction que vient de nous donner Melctal, alors j'oserai peut-être vous dire combien je suis heureux.

Claire, sans répondre, lui serre la main, sort aussitôt de la caverne, et tous deux reprennent la route qu'ils avaient déjà parcourue.

Mais le soleil, quoiqu'à peine à la moitié de son cours, ne jetait plus qu'une lueur pâle à travers des nuages sombres. Un voile grisâtre dérobait partout l'azur du ciel, et des flocons de neige voltigeant dans l'air, semblables à la toison des agneaux que leur ont arrachée les ronces, venaient en s'augmentant du côté du nord. Bientôt un vent froid s'élève, et amène plus forte et plus rapide cette neige éblouissante. Elle tombe comme la pluie d'un violent orage. Elle remplit les sentiers, comble, dérobe les précipices, et fait baisser la paupière des malheureux voyageurs qui ne peuvent soutenir son impétuosité. Claire et Gemmi, forcés de s'arrêter, cherchent un abri sous des rochers. La neige les atteint partout, la neige tombe sur leurs têtes. Gemmi s'alarme pour Claire; celle-ci, pour le rassurer, sourit en se voyant couverte des flots qu'elle secoue et renvoie aux vents. La tempête s'apaise enfin; les rayons d'or de l'astre du jour percent le voile qui le couvrait, et viennent se réfléchir sur les diamans de la neige. Les deux enfans se remettent en route, mais il ne trouvent plus leurs sentiers. Un tapis épais et blanc couvre les rochers et les précipices. Gemmi tient Claire par la main, et s'avance avec précaution. De son bâton il sonde la neige; il ne permet à Claire de faire un pas qu'après s'être assuré qu'il n'y a point de péril. Claire, qui ne craint que pour lui, qui ne marche que sur ses traces, lui sert plus fortement la main, prête à le soutenir s'il tombait; et cette marche longue, pénible, ces dangers toujours renaissans sont mêlés de charmes pour la tendre Claire.

Forcés de prendre des détours, de suivre les bords des torrens, où la rapidité de l'onde a laissé la terre à découvert, les voyageurs consument le reste du jour, et n'arrivent que vers le soir non loin du village d'Erfeld. Gemmi se reconnaît alors; il est sûr, en remontant la Reuss, de rentrer le nuit dans Altorff. Il encourage sa compagne, et la lune, qui commence à paraître, lui ôte la crainte de s'égarer encore. Plus tranquilles, ils suivaient tous deux la rive gauche du fleuve qui traverse le canton d'Uri, lorsqu'ils sont joints par un homme armé d'une longue arbalète, couvert d'un large manteau qui l'enveloppait tout entier. La neige et la glace se distinguaient seules sur le bonnet qui lui servait de coiffure, sur son manteau, sur ses cheveux attachés ensemble par les frimas. Cet homme vint droit aux enfans, qui s'arrêtèrent à sa vue, et d'une voix altérée :

Mes jeunes amis, leur dit-il, vous voyez un chasseur égaré. J'ai perdu de vue tous mes compagnons; je ne puis retrouver le chemin d'Altorff, où je suis sûr que mon absence a déjà répandu l'inquiétude. Pourriez-vous m'y conduire? enfans. Votre zèle et votre secours seront récompensés par moi. La récompense est dans le service, lui répondit aussitôt Claire; nous savons le chemin d'Altorff, et nous aurons autant de plaisir à vous ramener à votre famille que vous en auriez vous-même à nous rendre à nos bons parens. Suivez-nous, vous êtes certain d'être à la ville dans une heure. Le chasseur alors joint les deux enfans, et, les observant avec attention à la clarté de la lune, il marche en silence auprès d'eux.

Bientôt le chasseur, s'adressant à Gemmi: Jeune homme, dit-il, quels sont vos parens? où demeurez-vous dans Altorff? Je suis le fils d'un laboureur, répond Gemmi sans le regarder; mon père n'habite point la ville. — Et dans quels lieux est sa retraite? — Dans les montagnes, au milieu d'un désert, où il cultive son champ, où il pratique la vertu. La vertu! reprend le chasseur avec un sourire ironique; je n'aurais pas cru que ce nom fût connu de vous à votre âge. C'est le premier nom que j'ai bégayé, répond Gemmi d'un ton de voix ferme. — Vous savez donc ce qu'il signifie? — Je l'espère au moins. — Expliquez-le moi. — Trois mots suffiront: la crainte de Dieu, l'amour des humains, et la haine de leurs oppresseurs.— Et quels sont ces oppresseurs ? — Les tyrans et leurs satellites. — En Suisse il n'est point de tyrans. Claire ne peut retenir un cri. Gemmi ne répondit point ; et le chasseur, la tête baissée, marcha quelque temps en silence.

Ils approchaient des murs d'Altorff ; déjà l'on voyait reluire les lances des gardes qui veillaient aux portes. Le sombre inconnu tout à coup demande à Gemmi d'une voix farouche : Comment s'appelle ton père ? Claire, tremblante, serra plus fortement la main de Gemmi. Celui-ci, pour qui le mensonge était impossible, hésite quelques instans ; enfin, pressé par l'inconnu, il le regarde d'un air assuré. Nous avons bien voulu, répond-il, vous remettre dans votre route, mais c'est à quoi se bornera la confiance que vous inspirez. Vous ne saurez point le nom de mon père ; il n'est connu que de ses amis. Jeune imprudent, s'écrie alors le chasseur avec l'accent de la colère, ton père ne peut m'échapper, tu ne sortiras toi-même des fers que je te prépare qu'au moment où je connaîtrai ta séditieuse famille. Va, je sais découvrir les coupables aussi-bien que les punir.

A ces mots il arrive aux portes, prononce le nom de Gesler; et les soldats, sortant aussitôt, baissent devant lui leurs lances. Qu'on saisisse ces deux enfans, leur dit l'atroce gouverneur; qu'on les traîne dans la prison, et qu'on ait soin de m'amener les premiers habitans d'Altorff qui se présenteront pour les réclamer.

On obéit; Claire et Gemmi sont environnés par la garde; sans pitié pour leur âge, pour l'état de faiblesse où leur pénible route les avait réduits, on les conduit dans le fort, où un cachot devient leur demeure.

Calmes tous deux, se regardant avec tendresse, et remerciant en secret leurs bourreaux de ne les point séparer, les deux enfans entendent sans effroi se refermer les portes épaisses de leur horrible prison; ils se reposent sur la paille qu'on leur a jetée par pitié; ils partagent le pain grossier que l'on a mis auprès d'eux. Sans crainte comme sans remords, inquiets seulement des alarmes qu'éprouveront leurs familles, des dangers qui menaceraient Guillaume, s'il venait s'offrir au tyran, ils espèrent, ils font des vœux pour qu'Edmée et le vieux Henri les croient demeurés auprès de Melctal, pour qu'ils ignorent leur malheur, pour que ce malheur ne soit que pour eux.

Tandis qu'occupés seulement de cette pieuse idée, les deux enfans, en prison sous le couteau d'un barbare qui ne pardonna jamais, dormaient paisiblement l'un auprès de l'autre sans être troublés par des songes funestes, et goûtaient ce calme, ce repos de l'âme que la vertu donne même dans les fers, le gouverneur, dans son palais, entouré de troupes nombreuses, armé de sa toute-puissance, pouvant d'un seul mot consommer la perte de quiconque déplaisait à ses yeux, le gouverneur ne pouvait dormir, et les plus terribles craintes agitaient son esprit inquiet. Sombre, furieux, tourmenté par une foule de desseins contraires, tremblant pour ses jours, méditant de nouveaux supplices pour effrayer ceux qu'il redoutait, pour conserver sa misérable vie à force de donner la mort, pour mettre entre le trépas et lui un large fleuve de sang, il se disait à lui-même : O combien doit être terrible la haine que me porte ce peuple, puisque leurs enfans, leurs faibles enfans ne peuvent pas le cacher au voyageur, à l'inconnu que le hasard leur fait rencontrer ! Que disent donc leurs vieillards, leurs hommes ! Que n'ai-je point à redouter de ce peuple de séditieux dont les générations se multiplient, s'élèvent avec l'espoir, avec le désir de m'arracher ma puissance, de me percer sans doute le sein ! Ah ! je saurai prévenir leurs coups, je saurai comprimer par la terreur ceux qui pourront échapper à ma redoutable justice ; je veux inventer de nouveaux supplices, je veux inventer de nouveaux moyens de reconnaître mes ennemis ; tous le sont, je n'en doute point ; mais tous n'oseront se montrer, et les plus hardis du moins tomberont les premiers sous mon glaive.

Il s'abandonne alors au délire de sa colère, de son orgueil, roule dans son esprit aliéné mille projets inexécutables, adopte, caresse les plus insensés, et, trouvant un mérite de plus aux ordres qui prouveront mieux le mépris qu'il veut affecter pour ce peuple qu'il redoute, il s'arrête enfin au projet stupide de forcer les habitans d'Uri à courber lâchement leur front devant le bonnet qui sert de coiffure à leur atroce gouverneur; en vain sa raison, à demi perdue, veut lui présenter les dangers de cet ordre absurde, inutile; sa raison n'est plus écoutée; il fait appeler près de lui les chefs de sa garde nombreuse, les interroge avec inquiétude sur le zèle, sur l'attachement de leurs mercenaires soldats; leur distribue des trésors que son avarice cède à sa crainte; et s'adressant à Sarnem, ministre secret et fidèle de ses désirs les plus coupables : Demain, lui dit-il, à l'aube du jour, qu'on plante une longue pique au milieu d'Altorff; je veux que, sur la pointe de cette pique, le bonnet qui couvre ma tête, et que je remets dans tes mains, soit exposé à tous les regards. Mes nombreux soldats sous les armes environneront la place, en garderont les avenues, et forceront tous les passans à se courber avec respect devant ce signe de la puissance du gouverneur des trois Cantons ; que la moindre résistance, que le plus léger murmure soit sur-le-champ puni par les fers ! C'est à vous de lire sur les visages, dans les yeux, dans les traits de ces hommes vils que la nature fit pour être esclaves, les secrets sentimens de haine, d'indépendance, de courage même ; car le courage est un crime dans ceux qui ne doivent savoir qu'obéir. Allez, exécutez mon ordre, et que nos émissaires s'occupent tous de découvrir les parens coupables des deux enfans que j'ai fait mettre aux fers.

Il dit : Sarnem court tout préparer. Les soldats reçoivent d'avance le salaire des crimes qu'on leur demande. L'or et le vin leur sont prodigués ; des espions sont répandus dans la ville, dans les environs, pour s'introduire dans les familles, pour y raconter, sous un faux ton de pitié, comment deux enfans sont victimes de la sévérité de Gesler, pour étudier, pour surprendre dans les regards l'effet que produit cette nouvelle, pour faire un crime de la douleur, même de la compassion.

Mais le ciel, le juste ciel, qui veillait sur la chaumière de Tell, la cache aux yeux de ces émissaires. Ils ne vont point chez la bonne Edmée, qui, seule avec le vieillard aveugle, comptait les heures écoulées loin de son époux, loin de son fils. La nuit s'est passée dans l'inquiétude, sans que la lampe solitaire qui éclairait la maison se soit éteinte un moment, sans que le vieux Henri et la bonne Edmée aient voulu se livrer au sommeil. Ils ont toujours parlé de leurs enfans. Ils se sont interrompus cent fois pour écouter le moindre bruit qui se faisait entendre à leur porte. Les aquilons sifflant dans les arbres dépouillés de leurs feuilles, les aboiemens du chien fidèle qui tourne autour de la maison, faisaient tressaillir Edmée. Elle se levait, courait à la porte, espérant toujours que c'était Gemmi; elle regardait, ne voyait que les ténèbres; elle écoutait, attentive, et n'entendait que les torrens. Elle revenait tristement auprès du vieillard éperdu, à qui elle voulait cacher ses inquiétudes et ses craintes : Votre fils les aura retenus, lui disait-elle en soupirant, dormez, dormez, ô bon vieillard, je veillerai jusqu'au matin. Oui, ma fille, répondait Henri, mon fils les aura retenus ; je vais reposer ; ne songe pas à moi, et calme ton âme inquiète. Alors le vieillard, pour ne pas l'alarmer, faisait semblant de reposer, faisait semblant d'être tranquille ; tous deux gardaient le silence pour se tromper mutuellement, tous deux se cachaient leurs larmes ; mais au moindre bruit tous deux se levaient, et leur espoir était trompé.

FIN DU SECOND LIVRE.

LIVRE TROISIÈME.

CEPENDANT Tell, long-temps avant l'aurore, est arrivé dans les murs de Schwitz. Il va frapper à la maison de Verner; les dogues, veillant dans la cour, font retentir l'air de leurs aboiemens. L'inquiet Verner, déjà debout devant un chêne brûlant, se hâte d'aller à sa porte, l'ouvre à la voix de son ami, l'embrasse, le mène près de son foyer; et les dogues menaçans n'ont pas plus tôt reconnu le fidèle ami de leur maître, qu'ils l'environnent en le caressant, et viennent cacher leurs têtes énormes sous les mains engourdies de Guillaume.

Ami, dit le héros à Verner, il est enfin venu l'instant qui doit délivrer la patrie ou terminer nos malheureux jours. Ce n'est plus ta prudence que je viens consulter, ce n'est plus à ta sagesse que je viens demander des conseils; c'est ton courage que je réveille, c'est à lui que je porte des armes. Plus de conseils; il faut agir : les nouveaux crimes de Gesler nous ont donné le dernier signal.

A ces mots, il dépose devant Verner un pesant faisceau de lances, de flèches, d'arbalètes, d'épées tranchantes, qu'il a porté sur ses épaules. Verner les regarde avec une joie tranquille. Avant de t'entendre, répond-il, allons cacher ce trésor précieux dans un asile secret; l'on peut ici nous surprendre : lorsque l'on dépend d'un tyran, le citoyen n'a point de maison.

Tous deux alors reprennent les armes, descendent, les portent dans un souterrain, et, revenant s'asseoir près du foyer, Guillaume raconte à Verner la barbarie du gouverneur, le malheur du vieillard Henri, la retraite de son fils Melctal, le voyage du jeune Gemmi, qui doit l'avertir, à cette heure même, de se rendre à Grutti, le soir, pour assurer leur vengeance. Verner écoute avec attention, se fait répéter les détails des grands desseins de Guillaume, les pèse, les discute avec lui, oppose, invente les obstacles qu'il est possible de rencontrer; et, satisfait des réponses de Tell, qui a tout prévu, qui répond à tout, il l'embrasse en lui disant ces paroles : Ami, commençons, je suis prêt.

Aussitôt, séparément et par des chemins opposés, ils vont porter une à une les armes qu'ils ont en dépôt, à leurs amis de la ville, à leurs amis des villages dont Schwitz est environné ; ils vont remettre dans les mains des ennemis de la tyrannie de quoi la détruire, de quoi se venger. Ils rendent grâce aux frimas, à la neige qui obscurcit le jour, qui tombe avec abondance, et rend déserts les chemins qu'ils traversent avec sûreté. Ils vont, reviennent cent fois pour distribuer les armes, qu'ils n'osent porter qu'une à une, ils emploient douze heures entières à cette importante distribution, échauffent, raniment le cœur de chacun de ceux qu'ils viennent armer, prennent son serment devant Dieu, l'instruisent du nouveau crime de Gesler, l'animent à la vengeance, et retrouvent toujours de la voix, toujours de nouvelles forces, pour varier des discours, pour faire de nouveaux pas qui doivent amener la liberté.

Le jour entier s'est consumé dans ces soins. Toutes les armes sont distribuées; Guillaume n'a gardé que son arc, Verner n'a conservé qu'une lance. Tous deux, accablés de fatigue, rentrent dans la maison de Verner, prennent un peu de nourriture, raniment leurs forces éteintes, et, sans prendre un instant de repos, pressés par le temps qui s'écoule, par la parole donnée à Melctal, ils se remettent en chemin pour la caverne de Grutti.

Ils marchent au milieu des neiges que l'aquilon ramasse autour d'eux; ils arrivent sur les bords du lac, cherchent un bateau dans l'obscurité, trouvent une faible barque amarrée par de forts liens, et que les flots impétueux, soulevés par le vent du nord, faisaient battre contre le rivage. Verner, voyant le lac agité, s'arrête, demande à Guillaume si sa science si renommée dans l'art de conduire une barque pourra lutter contre la tempête. Melctal nous attend, lui répond Guillaume, et le sort de notre patrie va dépendre de notre entrevue. Comment oses-tu demander si je pourrais traverser le lac? J'ignore si la chose est possible, mais je sais qu'il faut la faire. Je compte peu sur mon adresse, mais je compte sur le Dieu du ciel qui veille sur les âmes pures, et qui se plaît à protéger les amans de la liberté.

Il dit, saute dans la barque; Verner s'élance après lui. Tell coupe aussitôt le lien, s'empara de l'aviron, et s'éloigne du rivage. Mais, soit un effet du hasard, soit que ce Dieu juste et puissant que Guillaume invoquait dans son cœur veillât sur les libérateurs de la Suisse, le vent s'apaise tout à coup, les flots se calment, l'onde tranquille porte la barque de Tell, qui, saisissant les deux rames, la fait voler avec la rapidité de la flèche. Il a bientôt franchi le lac, il arrive à l'autre bord, descend, amarre sa barque, et les deux amis se rendent à la caverne qu'ils connaissaient depuis si longtemps.

Melctal les attendait à l'entrée. Aussitôt qu'il aperçoit Tell, il se précipite dans ses bras, le serre, le baigne de ses pleurs, prononce avec des sanglots le nom de son père et le nom de son ami; mêle, confond ces deux noms si chers, et peut à peine contenir tous les sentimens qui l'oppressent. Guillaume pleure avec lui, tient sa main, qu'il presse avec force, l'entraîne au fond de la caverne, et là, dans une obscurité profonde, les trois amis, assis sur des rocs, faisant trève à leurs intérêts, à leurs douleurs particulières, ne s'occupent que de l'intérêt et du destin de leur pays. Tell le premier prend la parole.

Melctal, dit-il, ton père est vivant, ton père est dans ma maison; que ta tendresse se rassure, que ta piété filiale se taise devant la patrie. Examinons, trouvons les moyens les plus sûrs et les plus prompts de délivrer notre pays, de lui rendre sa liberté, de venger les longues injures, les barbaries, les fureurs dont il a souffert trop long-temps. Chacun de nous, dans son canton, jouit de l'estime, de l'attachement, de la confiance de nos frères. Les braves habitans de Schwitz se lèveront à la voix de Verner; il ne leur manquait que des armes, aujourd'hui même Verner et moi nous leur en avons donné.

Ces armes, jointes à celles que nos amis de Schwitz s'étaient procurées, nous répondent de deux cents soldats dont Verner est le capitaine. Nous avons leur foi, leurs sermens; nous comptons sur eux comme sur nous-mêmes.

Dans Uri, dans les murs d'Altorff, où la présence du tyran augmente et nourrit la terreur, où le fort terrible qu'il a élevé semble assurer à jamais sa puissance, il m'a été plus difficile de trouver des compagnons. Tous les cœurs brûlent pour la liberté, mais les satellites nombreux de Gesler, ses infâmes émissaires veillent avec plus de soin à découvrir, à punir la moindre étincelle de ce feu sacré. Je n'ose compter encore sur les habitans d'Altorff; ils tremblent, ils sont gémissans sous la verge du despotisme; ils voient toujours la hache levée sur le premier qui oserait regarder le gouverneur. Le peuple d'Altorff ne l'attaquera point, mais il ne le défendra pas. Il faut conquérir Altorff. Dans les villages qui l'entourent, j'ai trouvé cent compagnons prêts à mourir avec moi; ils sont armés, ils sont braves, c'est tout ce que je puis offrir. Parle, Melctal, rends-nous compte de tes efforts en Underwald, et arrêtons irrévocablement l'heure, l'instant où nous réunirons nos forces, où nous irons mourir ou devenir libres.

Ami, s'écrie Melctal avec un accent dont à peine il est maître, j'étais loin de compter sur les forces qui sont déjà dans vos mains, et j'étais certain du succès. Cent cinquante jeunes guerriers sont déjà prêts dans Underwald; aujourd'hui même je les ai tous vus; ils m'ont choisi pour leur chef, ils brûlent tous de combattre. Amis, ne perdons pas un instant; rendons-nous, dès cette nuit même, sous les murailles d'Altorff; réunissons nos guerriers au milieu même de cette ville; attaquons le fort sur-le-champ, le peuple nous secondera; nous punirons le gouverneur; je veux que les yeux lui soient arrachés à la même place où mon père..... Mais je m'égare; pardonnez au plus malheureux des fils : je veux, dis-je, que, malgré la nuit, malgré la neige qui couvre la terre et rend les chemins difficiles, nous soyons demain, à l'aube du jour, au milieu de la place d'Altorff, et qu'un combat engagé sur-le-champ nous rende maîtres de la citadelle, ou nous fasse tous périr.

Oui, nous péririons, lui répond Verner d'une voix calme, et cette mort, glorieuse sans doute, serait inutile à notre pays. Tu n'as donc pas entendu, Melctal, ce que nous a dit Guillaume; les cent amis dont il est sûr dans Uri sont dispersés dans les villages, il lui faut du temps pour les rassembler; et quatre mille satellites sont toujours réunis auprès du tyran. Le peuple d'Altorff gémissant, comprimé sous le poids terrible de la présence de Gesler, de sa garde, de ses soldats, n'osera point se joindre à nous. Nos faibles troupes, arrivant en tumulte l'une après l'autre, n'obtiendraient pas l'entrée de la ville, et seraient détruites sous ses remparts. Les trois Cantons sont trop faibles pour renverser cette puissance de Gesler, qui s'appuie sur le colosse de l'Empire, qui possède plusieurs places fortes, dont le siége, quelque rapide qu'il soit, laisse le temps à l'Allemagne d'enfanter contre nous des armées plus nombreuses que tout notre peuple. Croyez à mon expérience. Assurons-nous de nombreux secours avant de tenter aucune entreprise. Pensez-vous que nous soyons les seuls animés de l'amour de la liberté? Pensez-vous que Zurich, Lucerne, les habitans des montagnes de Zug, de Glaris et d'Appenzel, ne frémissent pas comme nous de se voir accablés de chaînes? N'en doutez point, ces généreux peuples souffrent de la soif de l'indépendance; ils feront un jour, mon cœur le prédit, un même corps avec nous, une seule république redoutée et respectée de tous les rois de l'univers. Avançons ces temps de gloire, envoyons des députés sûrs à Lucerne, à Zug, à Zurich; rendons générale la conjuration; fixons un jour, un jour sacré, où, à la même heure, dans toute la Suisse, tous les amis de la liberté attaquent à la fois leurs tyrans. Alors nous éclaterons; alors Altorff se déclarera, et le gouverneur troublé, environné de peuples en armes, succombera sous nos efforts avant que ses courriers, partout arrêtés, puissent porter à l'empereur la nouvelle de ses périls.

Verner se tait, et Melctal murmure; Melctal va combattre Verner, lorsque Guillaume prend la parole, et tous deux l'écoutent dans le silence. J'aime ton audace, dit-il à Melctal, j'excuse ta bouillante ardeur, mais elle nous serait fatale. J'honore ta prudence, Verner, mais elle aurait aussi ses dangers. Malheur aux saintes conjurations à qui le temps est nécessaire, et dont le secret n'est pas concentré dans un petit nombre de cœurs fidèles! Une seule erreur, un seul mot, les plus légers accidens, renversent l'ouvrage de plusieurs années. Il ne faudrait trouver qu'un traître dans les villes nombreuses que tu nous proposes d'associer à nos desseins, pour remettre la patrie aux fers, pour voir périr dans les supplices l'élite de ses plus dignes enfans. Non, ne confions à personne nos généreux, nos sublimes desseins. Nous suffirons, je l'espère, pour fonder la liberté; et lorsqu'Uri, Schwitz, Underwald, auront planté sur leurs montagnes le drapeau de l'indépendance, nous ou nos fils verrons les Cantons venir combattre sous cet étendard, ou se reposer à son ombre.

Verner, il est temps d'éclater; mais je te demande, Melctal, de me donner encore quelques jours. Voici le plan que je vous soumets.

Underwald et Schwitz sont armés. Trois cent cinquante guerriers de ces deux braves cantons sont prêts, dites-vous, à suivre vos pas : assignez-leur, non pas une ville, non pas un village, mais un vallon, un endroit désert, où, se rendant par diverses routes, ils puissent tous se réunir et se mettre en marche à la fois. Tandis que vous prendrez ce soin, je retourne dans Uri, et, secondé par le brave Furst, le seul de mes compagnons à qui j'ai confié mes projets, je vais rassembler, s'il se peut, les cent ennemis de la tyrannie, que leurs murmures, leur courage, m'ont fait juger digne de vaincre avec nous. Le brave Furst ira les chercher dans le Maderan et dans l'Urseren, jusque dans les hautes montagnes d'où se précipitent l'Aar, le Tessin, le Rhin et le Rhône. Seul, je demeure dans Altorff, où un émissaire de Furst viendra m'avertir de l'instant où sa troupe doit se mettre en marche. A cette nouvelle, je mets le feu à un immense bûcher que mes mains ont déjà placé sur la montagne où est ma maison. Dès que vous verrez cette flamme, partez, Verner, partez, Melctal, ainsi que tous vos compagnons, chacun pour le lieu du rassemblement. De là, dès que vous serez réunis, marchez sur-le-champ vers Altorff. J'ai mesuré le temps, les distances. Furst, avec les braves d'Uri, Verner, avec ceux de Schwitz, Melctal, avec ceux d'Underwald, doivent arriver presque en même temps au midi, au nord et à l'orient de la ville. J'y serai, mes braves amis, j'y serai seul au milieu du peuple, que ma voix, que mes efforts appelleront à la liberté. Ma bouche fera retentir ce nom sacré, devenu notre cri de guerre. Vous le prononcerez en entrant. Le peuple, frappé de surprise de voir, d'entendre à la fois Underwald, Uri et Schwitz qui volent à son secours, le peuple alors, n'écoutant plus que sa haine, se livrant tout entier à sa fureur contre Gesler, grossira vos troupes vaillantes. Nous attaquerons le fort, où le tyran, surpris et troublé, ne se défendra qu'avec lâcheté. Vous verrez bientôt nos drapeaux flotter sur ces créneaux terribles; et toute la Suisse, émue par cette première victoire, viendra nous demander l'honneur de s'associer aux futurs combats.

Il dit, et Melctal se jette dans son sein, et baigne le héros de larmes de joie. Verner lui-même est persuadé; Verner adopte son avis. Les trois libérateurs, sans se lier par de nouveaux sermens, inutiles à leurs grandes âmes, les trois héros se séparent, après s'être répété qu'ils ne se mettront en marche qu'au moment où le signal du feu leur sera donné par Guillaume. Melctal retourne dans Stantz se préparer avec ses amis; Verner et Tell retournent à leur barque, traversent le lac; demeuré paisible, et, parvenus sur l'autre bord, Verner prend la route de Schwitz, et Guillaume celle d'Altorff.

Il marche, en suivant la rive du lac. Il veut, avant de retourner auprès d'Edmée, visiter ses amis d'Altorff, les instruire de ses grands desseins. Le soleil brillait déjà, lorsqu'il arrive dans la ville. Il s'avance jusqu'à la place, où le premier objet qui frappe sa vue est une longue pique élevée, au haut de laquelle il distingue un riche bonnet brodé d'or. Autour de la pique des soldats nombreux se promènent en silence, et semblent garder avec respect ce nouveau signe de puissance. Guillaume s'avance étonné; bientôt il voit le peuple d'Altorff se prosterner bassement devant ce bonnet, devant cette pique, et les satellites armés courber plus près de la terre, avec le fer de leurs lances, les fronts de ceux qui s'humilient. Maître à peine de son indignation, Tell s'arrête à ce spectacle ; il n'en peut croire ses yeux, il demeure muet, immobile, appuyé sur son grand arc, et regardant avec dédain ce peuple lâche et ces vils soldats.

Sarnem, qui commande la garde, Sarnem, dont le zèle féroce se plaît à surpasser les ordres qu'il a reçus du tyran, distingue bientôt cet homme, qui seul, au milieu d'un peuple courbé, lève une tête droite et fière. Il vole, le joint, et le regardant avec des yeux brûlans de fureur : Qui que tu sois, lui dit-il, tremble que je ne punisse ta lenteur à obéir aux ordres de Gesler! Ne sais-tu pas la loi proclamée, qui oblige tout habitant d'Altorff à saluer avec respect ce signe de sa puissance? Je l'ignorais, répond Guillaume, et je n'aurais jamais pensé que l'ivresse du pouvoir suprême pût en venir à cet excès de tyrannie et de démence. Mais il est justifié par la lâcheté de ce peuple. J'excuse, j'approuve Gesler; il doit nous traiter en esclaves; il ne peut pas assez mépriser des hommes assez bas pour se soumettre à des caprices aussi dégradans. Quant à moi, je ne baisse mon front que devant la Divinité. Téméraire, reprend Sarnem, tu vas expier tant d'audace. Tombe à genoux, et désarme le bras qui va te punir. Le mien me punirait moi-même, lui dit Tell en le regardant, si j'étais capable de t'obéir.

A ce mot, et à un signe qu'a fait le cruel

Sarnem, une foule de ses satellites se jettent aussitôt sur Guillaume. On lui arrache son arc, on le dépouille de son carquois. Environné de glaives brillans dirigés tous contre son sein, on le conduit, on l'entraîne au palais du gouverneur.

Tranquille au milieu des soldats, sourd à leurs menaces grossières, les bras croisés sur sa poitrine, Guillaume paraît devant le tyran. Il le considère d'un œil dédaigneux, laisse parler sans l'interrompre celui qui se hâte de l'accuser, et, dans un silence impassible, attend que Gesler l'interroge.

Son air, son front, son visage calmes, étonnent, troublent le gouverneur. Une terreur involontaire, un pressentiment secret semblent l'avertir qu'il voit devant lui celui qui doit punir ses crimes. Il craint de fixer sur lui ses regards, il hésite à l'interroger; enfin, d'une voix altérée : Quel motif, dit-il, a pu te porter à désobéir à mes ordres, à refuser au signe, quel qu'il soit, de mon pouvoir, le respect, l'hommage que tu me dois? Parle, défends-toi, je peux pardonner. À ce mot, Tell le regarde avec un sourire amer : Punis-moi, lui répond-il, et ne me demande pas ma pensée. Tu n'entendis jamais la vérité, tu ne pourrais la soutenir. — Je veux l'entendre de ta bouche ; je veux que tu m'instruises toi-même de mes fautes et de mes devoirs. — Je n'instruis point les tyrans ; mais l'horreur que m'inspire leur présence n'ôte rien à mon courage ; mais je leur rappelle leurs crimes, et je leur prédis leur sort. Écoute-moi donc, Gesler, puisque tu consens à m'entendre.

La mesure est bientôt comblée ; la coupe du malheur, que le ciel irrité contre nous voulut remettre dans tes mains, déborde de toutes parts. Dieu épuisa sur nous, par tes mains, tous les traits de sa colère ; sa justice va te frapper. Entends les cris des innocens que tu retiens dans les cachots ; entends les cris des enfans, des veuves qui te redemandent leurs époux, leurs pères, expirés par ton ordre au milieu des tourmens. Vois leurs ombres sanglantes errer autour de ta demeure, te poursuivre dans ton sommeil, se présenter devant toi pour te montrer leurs larges blessures, leurs corps déchirés et palpitans. Leur sang jaillit sur tes mains et t'éveille au milieu de la nuit; tu vois ce sang au milieu des ténèbres, tu le vois, et tes yeux en vain se ferment pour ne pas le voir. Le peu qui reste de vivans, abandonnant ses héritages, ses biens, le fruit de son labeur à ton insatiable avarice, s'enfuit et va se cacher au fond des forêts, dans le creux des rocs. Là, que fait ce peuple tremblant à qui ton nom seul cause plus d'effroi que le bruit des monceaux de neige descendant du haut des montagnes pour ensevelir nos villages, que fait-il? A genoux sur les rochers, il élève ses mains à Dieu, il lui demande vengeance, il le supplie d'exterminer l'exterminateur des humains. Hé bien, Gesler, je te l'annonce, ces prières de tout un peuple, ces cris de tant d'innocens persécutés, dépouillés, frappés, immolés par ton ordre, ce sang répandu sans cesse par tes mains, et dont la vapeur épaisse forme un nuage autour de toi, ce sang est monté jusqu'au ciel; nos voix plaintives sont arrivées au trône du Tout-Puissant, sa justice va te frapper, ma patrie touche à sa délivrance ; tels sont mon espoir, mes vœux, ma pensée. Tu me les demandes, je t'ai satisfait ; je n'ai plus rien à te dire, car je ne veux pas dégrader ma raison au point de te dire un seul mot de l'ordre insensé, du délire qui fait aujourd'hui fléchir les malheureux habitans d'Uri devant le bonnet qui couvrait ta tête. Tu sais tout, tu peux commander mon supplice.

Gesler écoutait en silence ; sa colère se contenait pour mieux assurer ses coups, sa rage était suspendue par l'espérance de trouver, d'inventer un nouveau supplice qui le vengeât mieux de cet homme qui semblait mépriser la mort. Il songeait à ces deux enfans que la veille il fit mettre aux fers. Il se rappelle leurs discours hardis, et, les comparant à ceux qu'il entend, son ingénieuse fureur soupçonne, pressent, devine que ces enfans, déjà si fiers, si pénétrés de la haine des tyrans, ne peuvent appartenir qu'à celui qui vient de le braver. Il veut s'en éclaircir sur l'heure, et donne l'ordre secret qu'on amène les deux enfans.

Sarnem a couru les chercher. Pendant ce temps le fourbe Gesler, dissimulant sa colère, feignant de n'être point ému, interroge froidement Guillaume sur son état, sur sa famille, sur le rang qu'il tient dans Uri. Guillaume ne cache point son nom, et ce nom, fameux dans Altorff, frappe, épouvante le gouverneur. Quoi! dit-il avec surprise, c'est toi dont l'adresse est si renommée dans l'art de conduire une barque! C'est toi dont les flèches toujours sûres n'ont jamais manqué le but! Moi-même, lui répond Tell, et je rougis que mon nom ne soit connu que par des succès inutiles à ma patrie. Cette vaine gloire est loin de valoir la mort que je vais souffrir en prononçant le nom de liberté.

A l'instant même, Sarnem revient conduisant Claire et Gemmi. Dès que Tell aperçoit son fils, il pousse un cri, s'élance vers lui : O Gemmi! dit-il, ô mon fils! je peux t'embrasser encore! et dans quels lieux.... pourquoi.... comment?... Non, non, vous n'êtes point mon père, lui répond aussitôt Gemmi, qui voit le péril de

Guillaume, qui sait le sort que Gesler prépare à ses malheureux parens; non, je ne vous connais point; ma famille n'est point ici. Guillaume, étonné, demeure immobile, les bras ouverts, étendus, il ne peut comprendre pourquoi son fils se refuse à ses embrassemens et ose le méconnaître; Claire augmente sa surprise en confirmant ce qu'a dit Gemmi, en répétant avec lui que Guillaume n'est point leur père. Le cœur de Tell en murmure, il commence à s'en offenser; et Gesler, dont les yeux farouches observent tous leurs mouvemens, Gesler, qui vient de pénétrer le mystère qu'il voulait connaître, jouit à la fois de la crainte, de la surprise, des douleurs et du père et des enfans.

Une horrible joie se peint sur son front; ses regards brillent d'un feu sombre. On ne m'abuse point, dit-il; Guillaume, voilà ton fils, et ce fils m'a offensé; ma patience, depuis long-temps, a souffert ici tes outrages: afin de trouver une peine qui fût égale à ta témérité, je vais la prononcer, écoute :

Je veux, même en te punissant, rendre hommage à ce talent rare que vante ton heureux pays; je veux qu'en contemplant ma justice, le peuple d'Altorff admire ton adresse; on va te rendre ton arc; on placera ton fils devant toi, à la distance de cent pas; une pomme sera sur sa tête, et deviendra le but de ta flèche. Si ta main, sûre de ses coups, enlève avec le trait la pomme, je vous fais grâce à tous deux, et je vous rends la liberté; si tu refuses cette épreuve, ton fils, à tes yeux, va mourir. Barbare, lui répond Tell, quel démon sorti de l'enfer peut t'inspirer cette affreuse idée? O Dieu juste, qui nous entends, souffrirez-vous cet horrible excès du génie de la cruauté? Non, je n'accepte point l'épreuve; non, je ne m'expose point à devenir le meurtrier de mon fils; je te demande la mort, je l'implore de tes bourreaux; ils sont tous ici; tout ce qui t'entoure a trempé cent fois ses mains dans le sang. Qu'ils tournent leurs glaives sur moi, qu'ils les dirigent sur mon cœur : je te le demande, je t'en conjure; mais que je meure innocent, mais que je meure homme et père. Écoute, Gesler, tes gardes nombreux, l'exemple de tout un peuple, la certitude, la vue du supplice, n'ont pu me faire fléchir devant toi; j'ai préféré la mort à cette bassesse; hé bien, pour obtenir cette mort, pour échapper à l'affreux danger de percer moi-même le cœur de mon fils, je vais plier le genou devant toi, promets-moi le trépas, Gesler, et je m'abaisse devant ton orgueil.

Non, s'écrie aussitôt Gemmi, dont la voix touchante émeut de pitié les satellites qui l'environnent, non, ne vous rendez point à ses vœux, j'accepte, j'accepte l'épreuve. Quoi qu'il arrive, tu l'as promis, mon père sera délivré; rassure-toi, mon digne père; va, le ciel guidera ta main, va, ton fils est en sûreté, pardonne-moi si ma tendresse a voulu te méconnaître un instant. Je tremblais pour toi, pour toi seul, et je quittais, pour te sauver le bien qui m'est le plus cher au monde, le nom, le doux nom de ton fils. O mon père! pardonne-moi, mon père, mon père chéri, laisse-moi répéter cent fois ce nom que je m'étais interdit. Rassure-toi, tu ne me tueras point, une voix secrète me le prédit. Qu'on me conduise, qu'on me conduise! et toi, Claire, va-t'en, mais garde-toi d'instruire ma mère.

Gemmi se jette alors dans le sein de Guillaume, qui le reçoit, qui l'embrasse, qui le presse contre son cœur; il veut lui parler, il ne peut que l'inonder de ses larmes; il ne peut que répéter d'une voix tremblante, étouffée : Non, mon fils, non, mon cher fils! Claire est tombée évanouie; les soldats l'emportent dans le palais, et l'inflexible Gesler, sans être ému de ce spectacle, répète son ordre terrible, offre pour la dernière fois à Guillaume le choix affreux de voir périr son fils, ou de se soumettre à l'épreuve. Guillaume l'écoute, la tête baissée, demeure quelques instans sans répondre, tenant toujours Gemmi dans ses bras; puis relevant tout à coup la tête, et regardant le gouverneur avec des yeux rouges de pleurs, étincelans d'indignation : J'obéirai, répond-il; que l'on me conduise à la place.

Le père et le fils, se tenant par la main, sont aussitôt environnés de gardes. Ils descendent ensemble du palais, sous la conduite de Sarnem. Tout le peuple, informé déjà de l'affreux spectacle qu'on va lui donner, se précipite vers la place. Presque tous gémissent au fond de leur âme, mais aucun d'eux n'ose exprimer le sentiment de la pitié. Leurs regards timides cherchent Guillaume ; ils le découvrent au milieu des lances, marchant à côté de Gemmi qui le regarde en souriant. Les larmes viennent dans les yeux en regardant le visage du père ; mais la terreur retient ces larmes ; Gesler les punirait comme un crime. Tous les yeux se reportent à terre ; un morne silence règne dans le peuple ; il gémit, il souffre et se tait.

L'espace est déjà mesuré par le farouche Sarnem ; une double haie de soldats ferme de trois côtés cet espace. Le peuple se presse derrière eux ; Gemmi, debout à l'extrémité, considère tous ces apprêts d'un œil tranquille et serein. Gesler, loin derrière Tell, se tient au milieu de sa garde, observant d'un air inquiet le silence morne du peuple ; et Guillaume, entouré de lances, demeure immobile, les yeux vers la terre.

On lui présente son arc avec une seule flèche; après en avoir essayé la pointe, il la brise, la rejette et demande son carquois: on le lui apporte; il le vide à ses pieds, cherche, choisit parmi tous ses traits, demeure long-temps baissé, saisit un instant favorable et cache une flèche sous ses vêtemens; il en tient une autre à la main, c'est celle qui doit lui servir. Sarnem fait enlever les autres, et Guillaume, avec lenteur, bande la corde de son grand arc.

Il regarde son fils, s'arrête, lève les yeux vers le ciel, jette son arc et sa flèche, et demande à parler à Gemmi. Quatre soldats le mènent vers lui : Mon fils, dit-il, j'ai besoin de venir t'embrasser encore, de te répéter ce que je t'ai dit. Sois immobile, mon fils; pose un genou en terre, tu seras plus sûr, ce me semble, de ne point faire de mouvement; tu prieras Dieu, mon fils, de protéger ton malheureux père. Ah! ne le prie que pour toi, que mon idée ne vienne pas t'attendrir, affaiblir peut-être ce mâle courage que j'admire sans l'imiter. O mon enfant! oui, je ne puis me montrer aussi grand que toi. Soutiens, soutiens cette fermeté dont je voudrais te donner l'exemple. Oui, demeure ainsi, mon enfant, te voilà comme je te veux..... Comme je te veux! malheureux que je suis! et vous le souffrez, ô mon Dieu!.... Écoute.... Détourne la tête.... Tu ne sais pas, tu ne peux prévoir l'effet que produira sur toi cette pointe, ce fer brillant dirigé contre ton front. Détourne la tête, mon fils, et ne me regarde pas. Non, non, lui répond l'enfant, ne craignez rien, je veux vous regarder, je ne verrai point la flèche, je ne verrai que mon père. Ah! mon cher fils, s'écrie Tell, ne me parle pas, ne me parle pas! ta voix, ton accent m'ôterait ma force. Tais-toi, prie Dieu, ne remue pas.

Guillaume l'embrasse en disant ces mots, veut le quitter, l'embrasse encore, répète ces dernières paroles, pose la pomme sur sa tête, et se retournant brusquement, regagne sa place à pas précipités.

Là, il reprend son arc, sa flèche, reporte ses yeux vers ce but si cher, essaie deux fois de lever son arc, et deux fois ses mains paternelles le laissent retomber. Enfin, rappelant toute son adresse, toute sa force, tout son courage, il essuie les larmes qui viennent toujours obscurcir sa vue; il invoque le Tout-Puissant, qui du haut du ciel veille sur les pères; et, roidissant son bras qui tremble, il force, accoutume son œil à ne regarder que la pomme. Profitant de ce seul instant, aussi rapide que la pensée, où il parvient à oublier son fils, il vise, tire, lance son trait, et la pomme emportée vole avec lui.

La place retentit des cris de joie; Gemmi vole embrasser son père. Celui-ci, pâle, immobile, épuisé de l'effort qu'il a fait, ne lui rend point ses caresses. Il le regarde avec des yeux éteints, il ne peut parler, il entend à peine tout ce que lui dit son fils, il chancelle, est prêt à tomber; il tombe dans les bras de Gemmi, qui se hâte de le secourir, et qui découvre la flèche cachée sous son vêtement.

Déjà Gesler était près de lui, Gesler s'empare de la flèche. Guillaume reprend ses sens et détourne promptement la vue à l'aspect du cruel Gesler. Archer sans pareil, lui dit celui-ci, j'acquitterai ma promesse, je te paierai le prix de ta rare habileté; mais auparavant, réponds-moi : que voulais-tu faire de cette flèche que tu dérobais à mes yeux? Une seule t'était nécessaire; pourquoi gardais-tu celle-ci? — Pour te percer le cœur, tyran, si ma malheureuse main avait tranché les jours de mon fils. A ce mot, qu'un père n'a pu retenir, le gouverneur effrayé rentre au milieu de ses satellites. Il révoque sa promesse, il ordonne au cruel Sarnem de faire aussitôt enchaîner Guillaume, et de le conduire dans le fort. On obéit; on vient l'arracher aux embrassemens de Gemmi, qui veut en vain accompagner son père; les gardes repoussent Gemmi. Le peuple murmure, s'émeut; Gesler se hâte de se retirer dans son palais, fait prendre les armes à toutes ses troupes. Des pelotons nombreux d'Autrichiens parcourent toute la ville, forcent les habitans effrayés de se cacher dans leurs maisons.

La terreur règne dans Altorff, et les bourreaux, déjà prêts, attendent de nouvelles victimes.

FIN DU TROISIÈME LIVRE.

LIVRE QUATRIÈME.

TANDIS que le tyran inquiet se renfermait dans son fort, bordait ses remparts de soldats, et tremblait que le peuple irrité ne vînt lui enlever Guillaume, Gemmi, le malheureux Gemmi, les yeux en pleurs, les bras étendus, redemandant son père à tous ceux qu'il rencontrait, repoussé partout par les féroces satellites qui gardaient les avenues, Gemmi errait autour des murs du fort, en poussant des cris douloureux. Claire, qu'on avait retenue dans le palais pendant l'horrible spectacle, s'était échappée enfin, et cherchait de toutes parts Gemmi. Elle le revoit, vole dans ses bras, et veut essuyer ses larmes. Mon père est dans les fers, lui dit Gemmi, mon malheureux père va périr. Claire, écoute-moi; j'ai perdu l'espoir de pénétrer dans sa prison, d'y rester, de le servir, de terminer ma vie avec lui; je vais tenter le seul moyen qui me reste de le sauver; je vais courir en Underwald; j'avertirai ton père des dangers de son ami; Melctal a des amis, du courage, des armes; Melctal viendra le délivrer. Je te demande, ma bonne Claire, de retourner auprès de ma mère, de lui dire ce qui s'est passé, ce que je tente dans ce moment. Va, Claire, va la consoler; je ne reviendrai plus qu'avec Melctal; je périrai ou je sauverai mon père; c'est à toi de me remplacer près de ma bonne mère.

Il dit, et, quittant aussitôt Claire, il marche à pas précipités, sort de la ville, et gagne les montagnes.

Claire se hâte de retourner à la chaumière de Tell, où le vieux Henri, où la bonne Edmée, loin de Guillaume, loin de leurs enfans, dont ils ignoraient le sort, se consumaient dans l'inquiétude. L'arrivée de Claire, pâle, saisie d'effroi, baignée de larmes, redoubla les terreurs d'Edmée. Elle se lève, court au-devant d'elle, en s'écriant : Gemmi! Gemmi! qu'est devenu mon enfant? Il est vivant, il est libre, lui répond aussitôt Claire, qui se précipite dans les bras du vieux aveugle. Elle l'embrasse, embrasse Edmée; et, d'une voix qu'elle peut à peine raffermir, elle raconte tout ce qui leur est arrivé avec le cruel Gesler; comment ils furent tirés de prison pour être conduits devant Guillaume, et l'horrible épreuve à laquelle furent soumis le père et l'enfant. Elle ignore tout le reste; mais Guillaume est dans les fers; Gemmi, pour délivrer son père, est allé chercher Melctal; Tell est menacé de la mort; le gouverneur l'a jurée.

A ce récit, Edmée, accablée, retombe presque mourante sur le siége qu'elle avait quitté; le vieillard aveugle, hors de lui-même, se met à pousser des cris lamentables. Il veut qu'on le mène à son fils, il veut aller combattre avec lui, périr pour délivrer Guillaume. La jeune Claire contient le vieillard, secourt Edmée évanouie, ne peut suffire aux tendres soins nécessaires aux deux infortunés.

Enfin, après les premiers instans d'une douleur si profonde et si vive, le vieux Henri, rappelant sa raison, son courage et sa prudence, saisit les deux mains d'Edmée, et les serrant contre son cœur : Ne pleure pas, lui dit-il, ô ma vertueuse amie ! ne perdons pas dans les larmes un temps précieux qu'il faut employer. Gemmi est en Underwald, peu d'heures doivent lui suffire pour se rendre auprès de mon fils. Je connais Melctal; dès cette nuit même, Melctal, suivi de tous ses amis, va prendre la route d'Altorff. Il arrivera demain au matin, il tentera tout pour sauver Guillaume. Mais le peu d'amis qu'il doit amener ne peut suffire à ce grand projet. J'en ai quelques-uns dans la ville; je vais réveiller leur courage, les exciter, les encourager. Ils me conduiront sur la place; ils me conduiront au milieu du peuple aux premiers rayons du soleil. Là, je parlerai; là, je montrerai les blessures encore récentes que j'ai reçues de Gesler; je montrerai la place de mes yeux arrachés par ses mains féroces. Mon grand âge, mes cheveux blancs, mon visage défiguré, mon sang qui souille encore mes habits, les pleurs de cette faible enfant, tout aidera mon éloquence : je l'espère, j'en suis certain, le peuple ému voudra me venger; le peuple grossira la foule des amis que j'aurai rassemblés. Mon fils et le vôtre viendront; ils trouveront une troupe prête à se réunir à eux. Nous attaquerons le fort. Je resterai au milieu des coups pour animer nos braves soldats; je leur crierai : Vengeance! Je ferai retentir sans cesse les noms de patrie et de liberté. Ils me porteront, si je ne puis les suivre; ils me porteront jusqu'à ton époux, que nous ramenerons dans tes bras. Oui, j'en suis sûr, Dieu, qui m'inspire, m'annonce déjà la victoire. Viens, ma fille, partons à l'instant; viens me donner mon bâton, et me prêter l'appui de ton bras. La nuit ne doit pas être loin; viens, la nuit doit nous être utile.

J'approuve ce projet, dit Edmée, et c'est moi qui veux te conduire; mais, avant de quitter ces lieux, daigne m'entendre et me donner conseil. Je suis instruite, sans qu'il me l'ait dit, que mon époux depuis longtemps médite le grand dessein de délivrer sa patrie. Ses voyages secrets en Schwitz, en Underwald, dans l'Urseren, l'amas d'armes qu'il avait cachées, et ses absences nocturnes, et la préoccupation que je lisais sur son visage, tout m'a confirmé dès longtemps qu'une conjuration, dont Guillaume est l'âme, se trame dans les trois Cantons. J'ignore les noms des autres chefs, mais croyez que ces chefs existent, et qu'un moment, un signal sans doute sont assignés, convenus entre eux. Je n'ai pu pénétrer quel est ce signal; mais il y a peu de jours que je fus frappée, comme d'un trait de lumière, d'un mot échappé à mon époux. Ce mot et d'autres encore m'ont fait soupçonner, m'ont fait croire que le signal des conjurés est un bûcher allumé sur le haut de cette montagne. Le temps et les forces nous manquent pour élever, cette nuit même, pour embraser ce bûcher. Mais une voix secrète me dit que, si nous pouvions parvenir à faire briller cette flamme, tous les amis de mon époux accourraient pour le délivrer. Je te consulte, Melctal; ma faible main suffit pour mettre le feu à la maison qui nous sert d'asile. Elle est dans le lieu le plus élevé. Ce vaste incendie doit être aperçu de tous les habitans des trois Cantons. Que m'importent ma maison, mes biens, lorsque mon époux va périr? Si je le sauve, tu nous recevras; si je le perds, il ne nous faut qu'une tombe.

Elle dit, et le vieux Henri l'encourage dans ce dessein. Edmée aussitôt va saisir un faisceau de branches sèches, l'allume dans le foyer, jette autour d'elle les bois enflammés, les répand, les attise elle-même, brûle sans regret, sans douleur, et le berceau de son enfant, et le chaste lit de l'hymen, augmente partout la flamme; et, lorsqu'elle s'est assurée que rien désormais ne pourra l'éteindre, elle prend le bras du vieillard, qui de l'autre main s'appuie sur Claire, et, descendant avec eux de la montagne escarpée, elle prend le chemin d'Altorff.

Pendant qu'au milieu du vaste silence que la terreur répand dans la ville, le vieillard, l'épouse, l'enfant malheureux, vont frapper à la porte de leurs amis; les feux allumés par la main d'Edmée s'augmentent et gagnent le chaume qui formait seul le toit de la maison. Le chaume s'allume et pétille ; la flamme devient plus brillante, jette autour d'elle une vaste lumière, et se distingue au loin dans les airs. Verner l'aperçoit dans Schwitz ; le bouillant Melctal, que Gemmi n'avait encore pu rejoindre, tressaille de joie à cette vue ; et Furst, au milieu d'Urseren, ne doute point que Guillaume, à la tête des braves d'Altorff, ne l'appelle à son secours. Ces trois chefs, dans le même instant, s'arment, sortent de leurs demeures, vont chercher leurs amis fidèles, les appellent à la liberté. Leurs amis s'éveillent, saisissent leurs armes, se rassemblent dans le silence, se forment en bataillons ; et, des trois côtés, presque au même instant, les trois chefs marchent vers Altorff, suivis d'une troupe faible par le nombre, mais forte par le courage, mais résolue à périr ou à délivrer son pays.

Tous précipitent leurs pas ; tous retardés dans leur marche par les neiges, par les torrens, par les chemins non frayés, tremblent d'arriver trop tard à ce fort, ce fort redoutable qu'il faut attaquer à la fois, qu'il faut prendre avec le tyran. Mais le tyran, inquiet, alarmé des mouvemens qu'il a vus dans le peuple, craignant pour son prisonnier, tremblant pour sa propre vie, avait déjà pris de nouvelles mesures, dont une seule rendait vaines toutes celles des trois conjurés. Gesler, au déclin de ce même jour, réfléchissant que sa forteresse, remplie de nombreux soldats, n'avait pas assez de vivres pour soutenir un long siége, craignant, non pas de se voir forcé dans cet asile imprenable, mais de ne pouvoir communiquer avec le reste de son armée répandue autour de Lucerne; Gesler avait fait appeler Sarnem pour lui donner cet ordre nouveau :

Ami, lui dit-il, je quitte ces lieux, où tu commanderas en mon absence. Je te laisse mes braves soldats, qui n'obéiront qu'à ta voix. Ce vil peuple, que je dois punir de son insolent murmure, sera bientôt écrasé par les renforts que je vais chercher. Fais-moi préparer une grande barque, où cinquante hommes, choisis dans ma garde, puissent partir ce soir avec moi. Dès que la nuit voilera la terre, tu feras conduire dans cette barque ce téméraire Guillaume, qui n'a pas craint de me braver; surtout qu'il soit chargé de fers, qu'il soit au milieu de ma garde. Je veux le conduire moi-même dans le fort château de Kusnach, à l'extrémité du lac de Lucerne. Là, mieux gardé que dans ces lieux, il attendra dans les cachots que, de retour avec mes troupes, je puisse par ses longs tourmens apprendre aux habitans d'Altorff ce que l'on gagne à m'outrager.

Sarnem, fier de se voir choisi pour remplacer le gouverneur, se hâte d'obéir à ses ordres. Bientôt la barque est préparée; bientôt cinquante archers d'élite sont guidés par Sarnem lui-même à la porte du cachot de Tell. Le héros, chargé de chaînes pesantes qui lui laissent à peine la faculté de se mouvoir, est mis sous la garde de cinquante archers; et, dès que la nuit a voilé la terre, on le conduit en silence, on le traîne vers le rivage, où Gesler, seul et déguisé, s'était en secret rendu. Gesler fait jeter le captif au fond de la barque, l'environne de ses archers, s'assied à la proue, fait prodiguer de l'or et du vin à ses soldats, à ses rameurs, et part sans être aperçu.

La barque vole sur les flots. L'air était pur, l'onde tranquille, les étoiles brillaient dans le ciel. Un vent léger du midi venait aider aux efforts des rameurs et tempérait la rigueur du froid, que la nuit, la saison, les glaces voisines devaient rendre plus insupportable. Tout favorise Gesler. Il parcourt l'étroite longueur du premier lac des quatre Cantons, se dirige droit vers Brunnen pour traverser le détroit qui doit le conduire dans le second lac. Tell, pendant ce temps, accablé de ses chaînes, Tell, couché par terre, au milieu des gardes, reconnaît sur la rive gauche les rochers déserts de Grutti, et cette caverne où, la veille encore, il méditait avec ses amis la liberté de sa patrie. Cette vue, ce souvenir, font chanceler son courage. Guillaume sentit venir dans ses yeux des larmes dont il eût rougi. Les dévorant aussitôt, Guillaume détourne la tête, Guillaume regarde le ciel qui semble l'abandonner. Dans ce moment, du côté d'Altorff, il découvre une lueur rougeâtre.

Bientôt cette lueur s'augmente, et Tell aperçoit une longue flamme qui s'élève au-dessus d'Uri. Son cœur tressaille à cette vue; il ne peut comprendre d'où vient ce signal, dont il n'a confié le secret à personne. Il doute, examine, s'assure que cette flamme semble partir de la montagne où est sa maison. Il en remercie le ciel, sans savoir encore si c'est un bienfait; il n'espère point, il ne pense pas que cet événement peut sauver ses jours; mais il peut sauver sa patrie : cette idée lui fait oublier son propre péril.

Gesler et ses satellites ont comme lui aperçu cette flamme. Ils se la montrent avec surprise; ils l'attribuent à quelque incendie, et s'embarrassent peu d'un malheur qui n'intéresse que leurs ennemis. Gesler presse ses rameurs; Gesler, impatient d'arriver, ordonne qu'on redouble d'efforts. La barque tourne à l'occident, passe le détroit. vogue dans les eaux plus profondes du lac dangereux d'Underwald. Là, tout à coup le vent du midi cesse de pousser la rapide barque. L'aquilon et le vent d'ouest règnent dans les airs agités. L'un, précédé des tempêtes, soulève, amoncèle les flots, les porte, les brise en sifflant contre les flancs de la barque, qui, cédant à sa furie, à ses coups violens, redoublés, dérive, malgré les rameurs, et fuit penchée vers la côte; l'autre, amenant les frimas, et les nuages et la neige, couvre le ciel d'un voile funèbre, répand les ténèbres sur l'onde, frappe le visage, les mains des rameurs de pointes piquantes de glace, les force de quitter la manœuvre, dérobe à leurs yeux abaissés jusqu'à la vue de leurs périls, remplit la barque de glaçons mêlés à l'abondante neige, s'oppose de front à sa marche, et, combattant avec l'aquilon qui l'attaque par le côté, la fait tourner rapidement sur sa quille, la tient ainsi suspendue sur le sommet des vagues blanchies, et, l'abandonnant par instans, la précipite au fond des abîmes.

Les soldats, pâles, consternés, ne doutant plus d'une mort prochaine, tombent à genoux, implorent le Dieu qu'ils ont oublié si long-temps. Le lâche Gesler, plus tremblant encore, va, vient, demande aux rameurs, en leur promettant ses trésors, s'ils ont l'espérance de sauver ses jours. Les rameurs, immobiles, mornes, ne lui répondent que par le silence. Des pleurs, des pleurs déshonorans de faiblesse et de lâcheté, baignent pour la première fois les yeux féroces du gouverneur. Il va périr, il en est sûr; ses richesses et sa puissance, et ses supplices et ses bourreaux ne peuvent le sauver du trépas; il pleure, il regrette la vie, il ne pourra plus s'enivrer de sang.

Tell, tranquille à sa même place, moins ému des cris des soldats, du bruit des vagues écumantes, des sifflemens des vents déchaînés, qu'il ne le fut en découvrant la caverne de Grutti, Tell attendait le trépas, et ne songeait qu'à l'avantage que pourrait tirer son pays de la mort du gouverneur. Il jouissait en silence de la peur, des gémissemens, du tourment qu'éprouvait Gesler, lorsqu'un des rameurs, tout à coup s'adressant à cet homme cruel : Nous sommes perdus, dit-il; il n'est plus en notre puissance de contenir au milieu des flots la barque emportée par le vent du nord, qui, dans un instant, va la briser en pièces contre les rochers du rivage. Un seul homme, le plus renommé, le plus habile de nos trois Cantons dans l'art de braver les tempêtes du lac, peut nous sauver de la mort. Cet homme est ici : le voilà! le voilà chargé de tes chaînes! Choisis, Gesler, choisis promptement entre le trépas ou sa liberté. Gesler frémit à cette parole. Sa haine violente pour Tell combat dans son âme pusillanime l'amour même qu'il a pour la vie; il hésite encore, il ne répond point; mais les prières, les murmures et des soldats et des rameurs, qui lui demandent, qui le pressent de sauver leurs jours et les siens en délivrant son prisonnier; la crainte d'être mal obéi s'il se refuse aux vœux de tous, et la tempête qui s'augmente, déterminent enfin Gesler. Qu'on brise ses chaînes, dit-il; je lui pardonne tous ses crimes, je lui rends la vie et la liberté, si son adresse nous amène au port.

Les soldats, les rameurs s'empressent de rendre libre Guillaume. Ses fers sont tombés, il se lève, et, sans prononcer un seul mot, il s'empare du gouvernail. Faisant mouvoir sous sa main la barque, comme l'enfant fait plier la baguette qu'il tourne à son gré, il oppose la proue aux deux vents, dont les forces ainsi divisées la tiennent en équilibre. Profitant ensuite d'un moment de calme, aussi rapide que l'éclair, il tourne de la proue à la poupe, contient la barque dans la direction qui seule peut la sauver, fait prendre les rames à deux seuls rameurs, dont il dirige les efforts, et s'avance, malgré les vents, malgré les flots et la tempête, vers le détroit qu'il veut repasser. Les ténèbres empêchent Gesler de s'apercevoir qu'il retourne aux mêmes lieux d'où il est parti. Guillaume continue sa marche; la nuit presque entière s'écoule; mais il est rentré dans le lac d'Uri, mais il aperçoit la lueur mourante du signal donné sur le mont d'Altorff. C'est cette lueur qui lui sert d'étoile; il connaît le lac dès long-temps; il en évite les écueils, et s'approche pourtant du rivage qui borde le canton de Schwitz; il pense à Verner, il calcule que Verner doit être en marche, et que les chemins encombrés de neige le forceront de côtoyer le lac. Dans ce faible espoir, il navigue, en feignant d'ignorer les lieux où la tempête pousse la barque, en augmentant les terreurs de Gesler et de ses soldats.

Enfin l'orient se colore, et la tempête semble s'apaiser aux premiers rayons de l'aurore. Le jour naissant découvre à Tell les roches voisines d'Altorff, avant que le tyran, qu'il craint, ait eu le temps de les reconnaître. Guillaume y dirige sa barque et la fait marcher plus rapidement. Gesler, dont la férocité revient à mesure que le danger s'éloigne, observe Guillaume avec des yeux sombres. Il veut, il n'ose pas encore le faire charger de liens. Ses soldats et ses matelots reconnaissent bientôt où ils sont, en instruisent le gouverneur, qui, s'avançant vers Tell avec colère, lui demande d'une voix terrible, pourquoi la barque qu'il a guidée a repris le chemin d'Altorff Guillaume, sans lui répondre, pousse la barque droit à un rocher peu éloigné de la rive, saisit d'une main prompte l'arc et la flèche qu'un archer tenait à la main, et, rapide comme l'éclair, s'élance de la barque sur le rocher. Là, sans s'arrêter, il bondit comme le chamois des montagnes, saute sur un autre roc, qni le fait voler au rivage, gravit aussitôt la roche escarpée, et se montre sur le sommet, semblable à l'aigle des Alpes quand il se repose auprès des nuages, et qu'il promène ses yeux perçans sur les troupeaux des vallons.

Le gouverneur, étonné, pousse un cri de fureur, de rage. Il commande aussitôt qu'on débarque, et que ses soldats dispersés environnent de toutes parts le roc où il voit le héros. On obéit; les archers descendent et préparent déjà leurs arcs. Gesler, qui marche au milieu d'eux, veut que leurs flèches réunies s'abreuvent toutes du sang de Guillaume. Guillaume aussi a ses desseins. Il ne s'arrête, il ne se montre que pour attirer l'ennemi. Il laisse approcher cette troupe armée jusqu'à la juste distance où le trait qu'il tient peut donner la mort. Il regarde, fixe Gesler, pose sa flèche sur sa corde, et, l'adressant au cœur du tyran, il la fait voler dans les airs. La flèche vole, siffle, frappe au milieu du cœur de Gesler. Le tyran tombe, vomit un sang noir, bégaie sa fureur, sa rage; et son âme atroce s'exhale au milieu des imprécations. Guillaume a déjà disparu; Guillaume, plus léger que le faon, s'est précipité du sommet du roc; il court, il vole sur la glace; il gagne, traverse des sentiers déserts, et prend le chemin d'Altorff.

Bientôt il trouve dans la neige les traces récentes des nombreux amis que Verner, dans cette nuit même, a fait partir avec lui de Schwitz. Guillaume les suit, il court, il approche, et le tumulte, les cris, le bruit éclatant des armes, viennent de loin frapper son oreille; il vole, arrive sur la place; elle est pleine, elle est occupée par trois bataillons de héros. Verner, à la tête des guerriers de Schwitz, veut que l'on s'assure des portes avant de commencer l'attaque du fort; Furst, avec les braves d'Uri, sollicite le poste le plus dangereux; Melctal, suivi des troupes d'Underwald, agite dans l'air sa pesante hache, et demande à grands cris l'assaut. Gemmi qui ne le quitte point; Gemmi, armé d'une longue lance, prononce le nom de Guillaume, demande son père à tous les soldats, et montre de loin la prison où il croit encore qu'on retient Guillaume. Le vieux Henri, Claire, Edmée, se mêlent aux braves soldats, parcourent les rangs, les diverses troupes, et pressent l'instant de l'attaque.

Tout à coup Guillaume paraît au milieu des trois bataillons. Un cri général retentit et se prolonge dans les montagnes. Un silence profond lui succède. Tous attendent l'ordre de Tell, tous veulent obéir à lui seul. Amis, s'écrie le héros, Gesler n'est plus; cet arc, cette main viennent de punir ses crimes. Le corps de Gesler, étendu sur le rivage du lac, est entouré de vils satellites que la terreur disperse déjà. Rien n'est à craindre du dehors. La patrie est vengée, mais elle n'est pas libre. Elle ne le sera jamais tant qu'il restera une seule pierre du fort qui frappe vos regards. Attaquons ce fort redoutable, seule espérance, seul secours des féroces Autrichiens. Que nos trois troupes montent ensemble; que les plus braves marchent les premiers.

Il dit, et, de sa main gauche saisissant le drapeau d'Uri, il prend de la droite une hache, et s'élance vers la montagne. Furst et sa troupe le suivent de près; Schwitz et Verner se précipitent; Melctal avec Underwald est déjà à moitié chemin, et Gemmi s'avance à côté de son père. Sarnem les attend; Sarnem se prépare. Une nuée de flèches, de traits, part aussitôt du haut des remparts. Les braves assaillans méprisent ces flèches : elles n'arrêtent point leur course; ils montent, sans y répondre, avec leurs arcs. Ils parviennent au pied des murailles. Alors le terrible Sarnem, à un signal qu'il donne aux siens, fait précipiter des créneaux une foule de rochers, de pierres, que suivent la poix et l'huile bouillantes. Les braves des trois Cantons sont partout atteints, renversés; l'huile les consume sous leurs vêtemens. Ils expirent au milieu des douleurs aiguës; ils mordent la pierre en jetant des cris; mais ces cris sont encore pour la liberté. Les mourans, malgré leur supplice, exhortent, excitent leurs compagnons, les encouragent à marcher sur leurs corps, à s'en faire des échelons pour arriver au haut des remparts. Les Autrichiens insultent à leurs maux; Sarnem, placé entre deux créneaux, rit de leurs impuissans efforts; Sarnem anime ses soldats, et sa présence, son courage prolongent long-temps cette vive attaque.

Guillaume, au milieu des morts, des mourans, montait toujours d'un air intrépide; mais, tout à coup alarmé du grand nombre de soldats qu'il perd, il s'arrête, appelle Melctal, et, se reprochant d'avoir trop écouté les conseils de la seule valeur en faisant une attaque unique, il l'exhorte, il lui commande de se retirer du combat, d'emmener avec lui ses braves, et d'aller attaquer le côté de l'est, tandis que Verner et lui-même redoubleront de fureur pour empêcher l'ennemi d'apercevoir ce mouvement. Melctal obéit; Guillaume et Verner redonnent un nouveau signal, poussent des cris plus forts encore, et Sarnem et ses satellites, occupés du nouvel assaut, réunissent tous leurs efforts pour résister à Guillaume. Pendant ce temps, Melctal et les siens volent, arrivent à la porte de l'est, mal défendue par un faible poste. Melctal la frappe de sa hache; Melctal fait apporter du feu : la porte brûle, et Melctal s'élance; Melctal pénètre dans le fort avec ses amis d'Underwald. Tout cède, tout fuit, tout meurt. Sarnem, occupé de résister à Tell, entend les cris des fuyards, distingue ceux des vainqueurs. Il veut courir au-devant d'eux, il se retourne, et Melctal paraît; Melctal, rapide comme la foudre, lui porte un coup de sa hache, partage en deux son front odieux, et, s'avançant aux créneaux, tend les mains et crie victoire. Guillaume le joint aussitôt; le drapeau d'Uri flotte et brille au-dessus du fort redoutable. Guillaume, Melctal et Verner, debout sur un monceau de morts, adressent à Dieu des actions de grâces, et répondent aux acclamations du peuple qu'ils ont délivré.

Bientôt le fort est débarrassé des cadavres dont il est rempli; les troupes des trois Cantons environnent, pressent leurs chefs, les portent au milieu des habitans d'Altorff, qui, rassemblés sur la place, accourent de toutes parts pour voir leurs libérateurs, pour confier à leur génie, à leur courage, à leurs talens, la défense de la liberté. Mais Guillaume leur demande silence, Guillaume leur adresse ce discours :

Citoyens, vous êtes libres; mais cette liberté précieuse est peut-être plus difficile à conserver qu'à conquérir. Pour l'un le courage suffit, pour l'autre il faut des vertus austères, constantes, inébranlables. Gardez-vous de l'ivresse de la victoire, gardez-vous surtout de l'idolâtrie pour ceux qui la remportèrent avec vous. Vous parlez déjà de nous faire vos chefs, tandis que la récompense que je prétends de mes travaux, la seule que mon cœur envie, c'est de devenir soldat, c'est de rentrer dans cette égalité, charme pur et doux des cœurs républicains. Dans une république, amis, nous sommes tous utiles. Malheur à l'homme qui se croit nécessaire! malheur au peuple qui ne le punit pas de cette seule pensée!

Assemblez-vous pour peser, dans la méditation de la sagesse, et vos intérêts et vos nouveaux desseins; que chacun puisse, selon les lois, penser, exprimer, conseiller tout ce qu'il croit utile à la patrie; que cette liberté soit donnée à tout citoyen âgé de vingt ans. Aussitôt qu'on aime son pays, on a le droit de s'occuper de lui, de lui donner le tribut de sa force et de ses lumières. Nommez un landamme; que ce nom antique, respecté de nos aïeux, le soit davantage par nous; que le conseil le dirige, et qu'il contienne le conseil. Faites des lois : sans lois, que deviendrez-vous? La liberté n'est que l'esclavage des lois sages. Gardez vos mœurs; qu'elles deviennent même plus austères : sans vertus, point de liberté. Le républicain s'est placé, par ce nom, entre les anges et les hommes; qu'il soit donc meilleur, qu'il soit donc plus grand que tous les hommes dont il est entouré.

Pour moi, citoyens, je ne veux, je ne demande, je n'accepte de vous que le nom de votre frère, que le droit de combattre dans vos rangs. Attendez-vous à de nouveaux combats; attendez-vous que l'empereur voudra reprendre le sceptre que nous venons de briser. Préparez-vous à soutenir ses efforts; préparez-vous aux batailles; ne comptez que sur Dieu et sur vos bras : appelez pourtant à la liberté les autres cantons de la Suisse. Ou je me trompe, ou leurs cœurs répondront à votre voix : alors, à force de travaux, de vertus et de courage, vous fonderez une république qui deviendra l'admiration et l'effroi de l'Europe entière. Alors les rois brigueront le nom de vos alliés, et se croiront invincibles lorsqu'ils auront des Suisses pour les défendre. Alors, en jouissant de la gloire et des armes et de la sagesse, vous lui préférerez pourtant la gloire d'être libres et heureux.

Il dit, tout le peuple applaudit : le peuple sur-le-champ procède à l'élection de ses magistrats. Tell, Verner, Melctal, redevenus simples citoyens, reçoivent pour leur récompense une couronne de chêne. Ils rentrent, se confondent au milieu du peuple, qui résista pendant deux cents ans à tous les efforts de l'Empire, et fonda sa liberté sur ses victoires.

FIN.

www.ingramcontent.com/pod-product-compliance
Lightning Source LLC
LaVergne TN
LVHW021718230826
846091LV00003BA/809

* 9 7 8 2 3 2 9 2 8 0 7 0 7 *